本书系
第十批深圳重点文学作品
扶持项目
龙华区文化事业发展专项经费
扶持项目

纪念日

王先佑/著

天津出版传媒集团

百花文艺出版社

图书在版编目（**CIP**）数据

纪念日 / 王先佑著 . -- 天津 ： 百花文艺出版社，
2023.12
　　ISBN 978-7-5306-8714-7

　　Ⅰ . ①纪… Ⅱ . ①王… Ⅲ . ①短篇小说－小说集－中
国－当代 Ⅳ . ① I247.7

中国国家版本馆 CIP 数据核字（2023）第 239900 号

纪念日
JINIANRI

王先佑　著

出 版 人 : 薛印胜
责任编辑 : 赵世鑫
装帧设计 : 吴梦涵
出版发行 : 百花文艺出版社
地址 : 天津市和平区西康路 35 号　　**邮编 :** 300051
电话传真 : +86-22-23332651（发行部）
　　　　　　+86-22-23332656（总编室）
　　　　　　+86-22-23332478（邮购部）

网址 : http://www.baihuawenyi.com
印刷 : 三河市华东印刷有限公司
开本 : 880 毫米×1230 毫米　1/32
字数 : 180 千字
印张 : 6.75
版次 : 2023 年 12 月第 1 版
印次 : 2023 年 12 月第 1 次印刷
定价 : 58.00 元

如有印装质量问题，请与三河市华东印刷有限公司联系调换
地址：　三河市燕郊冶金路口南马起乏村西
电话：19931677990　邮编：065201

目 录
CONTENTS

清湖为什么没有湖

1

清湖为什么没有湖？

是啊，清湖为什么没有湖？安茹在清湖住了八年，居然从来没想过这个问题。她那时正在穿鞋，一只脚伸进高跟鞋十来分钟，另一只还在床上。她撑着一条腿，双手抱膝，下巴搁在膝盖上，在这种奇怪的姿势中思考。很快，她又想到了另一个问题：清湖这个地名，到底是怎么来的？

郭驰从卫生间出来，身上披着浴巾，头发湿漉漉的。他摸了一下她的头，说，傻茹，想什么呢？都怪你。怎么还赖上我了？你不该问我。我问你什么了？清湖有没有湖啊。

郭驰笑了。我不过随口一说。清湖有没有湖，并不重要。你在清湖，这才重要。

安茹抽了抽鼻子，她又嗅到了郭驰身上的那种气味。第一次跟他见面，她就捕捉到了。这些年来，她和不少人打过交道，不管什么体味都逃不过她灵敏的嗅觉，但她确信进入自己鼻腔的那些味道里没有这一款。这气味让她的鼻孔隐隐发痒，虽然谈不上让人愉悦，但也没那么难闻。

　　　　　　　　　　　　　　　　　　　纪念日

那天，郭驰做东。他请的客人除了安茹，还有公司总经理，以及采购和品质主管。推杯换盏间，她总能隐隐闻到他身上弥散的气味。包房里只有他一个生人。那么，这气味一定和他脱不了干系。那顿饭吃了两个多小时。分别的时候，郭驰一一和他们握手。轮到安茹时，她的鼻腔莫名地痒起来。还没来得及掏出纸手帕，一个喷嚏就打了出来。安茹下意识地后退一步，微微侧过脸，一手捂着鼻子，一手朝他摇了摇，表示歉意。她的手修长白皙，绯红的脸颊上有几许妩媚。代驾把郭驰的车开了过来，他若无其事地朝她笑笑，对他们挥挥手，上了车。

这是灰色的一天。此后，安茹一直记得这一天。在回清湖的路上，她一直在想：他当时为什么不擦一擦脸上的唾沫？等他坐上车，那些唾沫是不是已经干在脸上了？到家后，他会不会用洗面奶仔仔细细、认认真真地洗脸，就像脸上沾染了很脏、很脏的东西？

说起来，都是他身上的气味惹的祸。

一直到临睡前，她才鼓起勇气，给他发去一条没头没脑的微信：对不起，让您见笑了。他很快回复：没事的。倒是我要感谢你的不喝之恩，还有你的酸奶。安茹笑了。他知道她在说什么。那么，她的唾沫真的喷到了他的脸上。她之前抱有的一丝侥幸，在这一刻彻底破灭。但她似乎并没有之前那么难过。

后来的某一次见面，安茹终于抛出那个被她在心底焐熟了的问题。你知道那天我为什么会打喷嚏吗？为什么？你身上有一股气味，我对它有些过敏。嗯，我知道，是切削液的味儿。做机加工这一行太久了，那味儿已经钻进了皮肤。那是在一间餐厅的卡座里。安茹温柔地把头凑到郭驰的脑袋、脖子、肩背上，抽动鼻翼，她觉得那股味儿更清晰，更真切了。但她已经不再过敏。

　　切削液是什么东西？安茹问。用来冷却和润滑的液体，没有它，CNC（数控机床）机台就没法工作。哪天，你去我们工厂看看就知道了。安茹倒真想去，看看郭驰的厂子和他的那些工人。可她担心碰到他的老婆，所以没有接话——她觉得他应该是有老婆的。在这样的年纪，又是自主创业，她所认识的那些小老板，不都是这样的吗？安茹转念一想，如果真碰到他老婆，就说自己是客户代表，来验厂。她等着郭驰再次对她发出邀请，但后来他再也没有提及，似乎那次他只是不经意随口一说，或者他早已忘记自己说过那句话一样，就像男人对女人的承诺。

　　切削液的味儿已经钻进了我的皮肤。不得不说，郭驰的这个比方很贴切。要不然，为什么连洗澡都洗不去？不知道从什么时候开始，她喜欢甚至可以说是迷恋上了这种气味。她很想在弥漫着这种气味的房间里，枕着他的胳膊，美美地睡上一觉。可是，他给她的时间很短。他们只有三个小时。三个小时能干什么呢？给他按完摩，温存一次，躺一会儿，就到了该冲凉的时间。冲完凉，就差不多到钟了。

他们手牵着手，走出酒店大堂。外面阳光猛烈，郭驰松开了安茹的手。

要不要找地方吃个饭？郭驰问。

不了，你忙你的。我还要回去休息一下。

那行，下次再找时间。我给你叫车。

不用了，我自己叫。你回去吧。

他们在大堂台阶下的马路上分开了。郭驰往左，安茹往右。

安茹一个人住着一套三居室。回到住所，她还在想着郭驰问她的那个问题。她走上阳台，阳光依然耀眼。小区对面的城中村开进了好几台大型工程机械，一台挖掘机正在对一幢楼房进行破拆，发出一阵阵刺耳的"嗒嗒"声。空气中，弥漫着灰尘的味道。

前几年，这座城中村进了旧改规划。不知道什么时候，村里每一栋建筑物的墙壁，都被人用红色油漆喷上了醒目的"拆"字，如干在墙上的鲜血。每次从城中村穿过时，它们都让安茹有些心惊肉跳。不知道是不是因为补偿金没有谈妥，村子被清空很久了，却一直没有动工拆迁。现在看来，它很快就要消失了。即将拔地而起的，是一座商品房小区，还是成片的写字楼？以前住在城中村的那些人，都去了哪里？安茹的脑子很乱。

<h1 style="text-align:center">2</h1>

那时，深圳到处都是一片如火如荼的景象。小区对面的城中村工地上，地面建筑物已经拆除完毕，在开挖基坑。工人们加班加点赶进度，各种机械的轰鸣声每天都要响到很晚，以至于影响到安茹的作息。阳台上只要一天不清扫，地板就会积起一层灰尘。不知道是不是施工噪音的缘故，有一天安茹下班回家，发现她养在阳台上的两只兔子死掉了。第二天约会，安茹跟郭驰讲起了兔子的事。那时她正在给郭驰按摩，郭驰脸朝下趴在床上，察觉到异样。他扭过头来，发现安茹的眼里盈满泪水。郭驰捉住安茹的手，坐起身，把她揽在怀里，像是哄孩子睡觉一样，一下一下轻拍着她的肩膀。

但没过多久，安茹公司的业务开始下滑，供应商受到波及，特别是一些小企业——公司已经有一段时间没有给郭驰的工厂下单了。安茹没有问郭驰工厂的情况，郭驰也从不主动跟她说这些。见面时，郭驰看上去还是和从前一样。但安茹总觉得，他还是有些地方不一样。比如，他身上的味儿淡了。为什么会这样？安茹猜想，可能是工厂没活儿干，他要满世界地去跑订单，在车间待的时间少了。

安茹经常会想起和郭驰初见的那一天。公司给他的工厂下了第一笔订单，郭驰请总经理、采购主管和品质主管吃饭，以表答谢。赴宴时，总经理带上了安茹。郭驰候在酒楼门前，把他们迎进包房。他没有其他小老板那种见到大客户时满脸堆笑、近乎谄媚的表情，而是一种有节制的、对每个人都一视同仁的热情。他走路快、语速快，眸子闪亮。看得出来，这是一个做事踏实、信心满满的人。安茹对郭驰的第一印象，大致如此。

像很多请客吃饭的小老板那样，一上来，郭驰就先从总经理开始敬酒。到底只是一个小老板，还是免不了俗气，安茹想。轮到安茹时，郭驰特意叫服务员上了一盒椰汁。他打开椰汁，倒进一只空杯，把它端到安茹面前，移开她的酒杯。

"安小姐好，以后还请多关照。第一杯是见面酒，我干了，您喝椰汁，随意就好。"

他没有奉承安茹漂亮、气质好——而这些，差不多是所有小老板见到安茹后的第一句话。安茹是有几分姿色的，但她不喜欢别人这样夸她，特别是那些抱有某种目的的人。她觉得，这些话一从他们的嘴里说出来，味道就变了。而真正的美丽，很多时候是无须多言的。这让她又对郭驰高看了一眼。

敬完一轮酒，郭驰的话多起来了。他说起自己的创业经历，讲他花了八年时间，从一个人、一台CNC，把唯一的一套房子卖了当本钱，做到十五个人、十台CNC，中间有哪些起落浮沉、坎坷挫折，遇到过哪些打击、刁难，怎样濒临倒闭，又起死回生；他怎样既当老板，又当技术员、业务员、采购员，怎样忙得脚跟打屁股；他说工厂去年效益不错，他给每位工人发了两万块年终奖，到79号渔船海鲜餐厅办尾牙宴，过年前还带他们到广州长隆乐园玩了一天。今年春节，他想给每位员工多发一万块年终奖，还想请他们到厦门玩几天，去鼓浪屿听浪，看诗人舒婷的旧居——他居然知道诗人舒婷，总经理也未必知道。

　　郭驰成了这场饭局前半段唯一的主角，另外四个人成了听众。安茹听得津津有味，其他人也是——至少，没有人反感郭驰所讲的这些。作为总经理助理，她没少参加这样的宴请，也见识过不少小老板的表演。小老板说话，大多是为了取悦客户方的代表，有的小老板擅长讲段子，荤的素的都有——安茹相信，如果她不在场，那些段子会更加奔放不羁。有的善于卖惨、哭穷，目的无非是想博取甲方的同情，多给他们订单，或者拿到一个好的价格。有的满口大话，讲他们工厂体系如何完善、蓝图如何宏伟，即将拉到多少投资，计划于何时上市……郭驰和他们都不一样，只说事实，不讲段子不画饼。凭直觉，安茹判断他没有说谎。他说话很快、富于感情，加上生动有趣的细节、跌宕起伏的过程，让从他口中说出来的那些话非常具有感染力。

后来不可避免地到了饭局的保留节目时间。郭驰又敬了三圈酒，客户方逐一回敬。每次，被敬酒者都只是浅尝辄止，郭驰却一饮而尽。安茹看得出来，他已经不胜酒力。中途，郭驰去了一次洗手间，也许是没有关好门，安茹听到他在里面呕吐的声音。从洗手间出来，郭驰继续敬酒。照安茹看来，很多小老板在设宴时已经抱定了必醉的决心，无论多么海量，最后都是不醉不归——第一次请客户吃饭时尤其如此。品质主管是酒场悍将，不知道他是不是存心要让郭驰难堪，闹着要安茹回敬郭驰，还让安茹喝一杯椰汁，郭驰喝三杯白酒。安茹冷着脸，推说自己身体不舒服，不宜多喝饮料。她宁愿让郭驰觉得自己冷傲，也不想看到他在酒桌上失态。席间，她还从随身的包里取出两盒酸奶拿给郭驰，让他喝下去解解酒——这些原本是为总经理准备的。

幸好，郭驰是一个自制力很强的人。他一直坚持到最后，没有失态，没有在酒桌上倒下。甚至，在酒局结束之前，还提出要和每一个人加微信。安茹很快就通过了他的好友申请。几乎每一场酒局，都有人提出要加她的微信。安茹礼节性地出示自己的二维码，等对方扫过之后，便不再理会——她知道，就算通过对方的申请，她跟他们也没有什么好聊的。

3

对面城中村靠马路那一侧有一家竹窝肠粉店，做出的肠粉色如白玉、口感嫩滑，还配有爽口的酸豆角、萝卜干等小菜。这家店总是食客盈门，安茹也是它的常客。城中村被清空后，肠粉店还顽强地经营了一段时间。随着挖掘机开进城中村、一幢幢楼房灰飞烟灭，肠粉店终于不知所踪。

好几个周末，安茹都要为早餐发愁。小区临街的商铺开着好几家早餐店，也有卖肠粉的，但吃过了城中村的肠粉，别的肠粉进嘴都味同嚼蜡。她在小区周边转了好几次，也没有找到竹窝肠粉店的新店。安茹不由得后悔之前没有记下肠粉店老板的电话。

一个周末的早上，安茹睡到自然醒。想到今天的早餐，安茹脑子里忽然闪过一道光。她打开手机上的大众点评，搜索"发记竹窝肠粉"，最近的一家店离她有七百多米。商户展示的图片上，肠粉是以前的样子，盛肠粉的餐盘也跟城中村肠粉店的别无二致。安茹心里一阵激动，立即爬起床，简单洗漱一番，跟着手机导航直奔农批市场。

发记竹窝肠粉位于清湖农批市场对面的一条小巷。果然是那家老字号，门头招牌一样，店堂布局、装潢风格一样，还是老板蒸粉、老板娘招呼客人。看到安茹，老板娘愣了一下神，似乎想不起来在哪儿见到过这位客人。但她很快热情地迎上来，为安茹看座。

用餐高峰期已过，店里的客人不多。安茹要了一份双蛋肠和一瓶维维豆奶，慢慢品尝。她像以前一样，把盘里的食物吃得干干净净，连肠粉的碎屑和调味的红辣椒丁也拣进了嘴里。今天没有约会，她不想一个人面对一天中剩下的时间。安茹又要了一瓶豆奶。她把吸管含在嘴里，用牙齿一下一下地咬，把它的一端弄得伤痕累累。

"老板娘，你们在清湖多久了？"

"前后加起来，得有二十年了吧。"老板娘正在收拾桌面，抬头看了一眼安茹。

"那你说，清湖为什么没有湖？"

"谁说没有？有过的。你知道清湖工业区不？二十年前，我们刚来时，那地方还是湖。后来，湖被填平，上面建起了工业园，就是现在的清湖工业区。你怎么想起来问这个？"

"哦，嗯……我只是觉得奇怪，这里明明没有湖，为什么会叫清湖。对了，你家的肠粉，还跟以前一样好吃。"

"谢谢。我还想着你咋这么面熟呢，原来是老顾客。"

一种莫名其妙的欲望侵袭了安茹，她觉得自己身体燥热。她迫不及待地想见郭驰，想告诉他清湖为什么没有湖。她破例给他发去微信：忙什么呢，今天方便见面吗？

很久没有收到回复。他在忙工厂的事，还是在陪伴老婆和孩子？安茹的脑子里涌上来很多种猜想。豆奶已经喝完，安茹站起身，付完账，走出肠粉店。她走得很慢，走着走着，眼里蓄满了泪水，心中的委屈变得难以抑制。手机响起微信信息提示音，她赌气不理它。又响起视频提示音，安茹还是不看手机。接着是电话铃声，《我的楼兰》的旋律在马路上一遍又一遍地飘荡。安茹从包里掏出手机，挂断了电话。点开微信聊天记录，看到他发来了很多条信息，最后那条信息，是一家酒店的定位导航。

4

一见郭驰，安茹心中所有的不快都自动消散了。

刚刚整理过的酒店房间里，散发着清新剂带来的淡淡茉莉花香。他们紧紧地抱在了一起，热切地打量着彼此。安茹发现，郭驰黑了，也瘦了——他俩上一次见面，还是在一个月前。她踮起脚，用舌头爱抚着他的眼睛、脸庞和耳朵，然后，把自己的脸贴上了他的脸。他好像有几天没有刮胡须，硬硬的胡碴扎疼了她的肌肤。

"这段时间还是很忙？"

"嗯。"

"那就乖乖躺下，等着我来收拾你吧。"安茹的眼里流露出母亲般的慈爱。本来，她想跟郭驰说，今天不给他按摩了。她想枕在他的胳膊上，在他的气味里安安心心地睡一觉。但她突然又不忍心。

"来吧来吧，我的小傻茹。"郭驰快活得像一个孩子。

这是他们从第三次酒店约会开始就有的保留环节。那一次，郭驰迟到了半个小时，身上还穿着工装。他是从东莞一家客户那里赶来的，工厂一批货出了问题，他刚刚处理完。安茹听得出来，郭驰的声音里有一种无法掩饰的疲惫。吻他的耳朵时，她甚至在他的耳根旁发现了一团没有洗净的机油污渍。郭驰热烈地拥抱着她，把她从地上抱起，放到床上。她感受到了他的努力，还有他的力不从心。

"你是不是很累？"

"有一点吧……不过也还好，没啥事，休息一阵子就好了。"

"要不要我给你按摩？免费服务，保证舒服。"安茹俏皮地笑了一下。但话刚出口，她的心头就掠过一阵不安——她不明白自己为什么会这样主动。是对他的爱过于浓烈，还是在那一段感情里养成的习惯？

"还有这福利？那敢情好，真应了那句老话，瞌睡来了有枕头。"

郭驰开始脱衣服，动作很快。脱得只剩裤衩时，郭驰脸朝下趴到床上。她只得硬着头皮，坐上他的身体。刚开始，她动作僵硬，按得郭驰不时喊疼。后来她的手法变得柔和，郭驰的身体也渐渐放松，呼吸由急促变得均匀，最后竟然打起呼噜——他在安茹的手掌下睡着了。捏颈、按肩、推背、搓腰、捶腿、掐足，全套流程做完，郭驰也没醒。此时，她不再为自己的鲁莽后悔，反倒有几分释然。她趴在他的身边，头偎在他的腋窝旁，感受着他的气息，心里对这个男人生出怜悯。

终于，郭驰的脑袋动了一下。

"哎呀，我什么时候睡着了……"

"一个多小时吧。你太累了，需要休息。"

"你按得真好，比专业按摩人士都好。跟谁学的？"

"没有师父，自学成才。"她淡淡一笑，"如果我告诉你，从前我为一个男人学会了按摩，你相信吗？"

安茹观察着他的反应，郭驰脸上的惊讶稍纵即逝。他好像没有听到安茹在说什么，只是坏坏地笑着，转换了话题。"来吧，现在让我好好回报你，准备好了吗？"

…………

"今天不许你睡觉。你还想不想知道，清湖为什么没有湖？"

"想。"

"其实，清湖是有湖的。只不过，它被埋在了地下。"

安茹手上不停，跟郭驰讲起了清湖的湖。她用了很多美好的词语来形容它，就像她亲眼见过它，就像她目睹过它的消失。郭驰安静地听着，一动也不动。等她讲完了，他问：

"你说，清湖还会有湖吗？"

"我不知道……或许，会有吧。"

"你说，如果真有那一天，是不是我们所有的心愿都能实现？"

"我想，是的。"

"你说，当那一天来临时，我们都在哪里？"

安茹沉默了。之前，他们从来不谈未来，就像从来不过问彼此的过去和家庭一样。但是今天，郭驰提到了这个他们从未触及的话题。

"你觉得，我们在一起有未来吗？"

郭驰没有回答安茹。他翻过身，坐起来，把她搂进怀里。

"我爱过一个男人。他说他很爱我，我信了他的话，还在傻傻地等他……你呢，你会愿意为了我和你老婆离婚吗？"

"我……我只有一个女儿。三年前，我老婆因为乳腺癌走了。"

郭驰声音平静，安茹的身体却哆嗦了一下。她先是想大笑一场，接着又想痛哭——无论如何，她没有想到会是这样。

"这一行太难做了，我不知道工厂还能开多久，我还能坚持多久……我不确定自己能不能为你负起责任，怕我害了你。或许，到了坚持不下去的那一天，我会离开深圳。你知道吗，我一直把你当成能量加油站。跟你在一起，我才有继续往前走的力量和勇气。我不敢告诉你，怕你看轻我，离开我……"

安茹的眼泪流在了郭驰的胸脯上。她从郭驰的怀里拱出来，温存地摩挲着他的脸颊，深情地吻着他的眼睛。"这些都会过去的。要相信，清湖总会有湖。"停顿了几秒钟，她又紧盯着他的眼睛，用梦幻般的语气说："等到那一天，我们能在一起吗？"

她看到郭驰点了点头。

5

忽然有一天，城中村的工地安静下来。两个月过去了，仍然没有开工的迹象。非但如此，工地上的工人不见了，活动板房拆掉了，工程机械也开走了。往日的城中村，变成了一个巨大的、方方正正的土坑。夜深人静的时候，安茹常常感到害怕——她觉得，它像一口挖好的墓穴。

安茹不知道为什么会这样，但她并不感到奇怪。这一两年，地产商资金链断裂、楼盘停工之类的新闻屡见不鲜，很多人对此已经见惯不怪。太阳底下无新事，只怕，这座工地也逃脱不了厄运。

天气预报说，今年最后一场台风玛丽特已于南海中心生成，将在珠江口一带登陆。一场大暴雨，会先于台风抵达深圳。入睡前，安茹逐一检查门窗，阳台上晾晒的衣物也收拾好了。半夜，她还是被噼里啪啦的响声惊醒。是不是昨晚漏关了洗手间的窗户？一阵紧似一阵的风，把什么东西吹得乒乓作响。在满屋子的响动中，安茹很想能有个人抱紧自己。

在这样的夜里，安茹体验到一种风雨般浩大的孤独。她拿起床头的手机，发去一条微信：雨很大，风也大，睡不着，想你。她很快收到回复：我也是，好想见你。安茹幸福地笑了。她把手机贴在胸脯上，一边胸脯贴一会儿，贴得紧紧的。手机很热，她的身体一阵阵痉挛。

已经有 66 天没有见过面了。每过一天，安茹都会在台历上做下记号。最后那次约会，郭驰告诉她，他有很多事情要忙，以后这段时间可能没法再见她。安茹没有问他为什么——她知道，到他想说的时候，自然会告诉她。而她，也打算好好想一想自己的事，为一段挣扎纠结的情缘做一个决断。

安茹后来还是睡着了。她不知道风雨是什么时候停歇的，早上醒来，只觉得天地之间无比安宁。她起身走到阳台，深深地呼吸着暴雨之后的清新空气，惬意地伸了个懒腰。突然之间，她意识到世界发生了变化——具体地说，是她的眼前出现了一片白茫茫的东西。是水，一片很大的水。城中村工地上那口硕大的基坑，变成了一面湖。清湖的湖。

像是有什么东西在安茹的脑子里响了一下，她激动得颤栗起来。

忙啥呢？不管你在忙啥，我都想你来我家，就是现在。别管台风了。她给他发微信。

好，我也有事要跟你说。但是，为什么要去你家？

我要给你看一样东西。只有在我这儿才能看到。

那好。第一次去你那儿，要不要给你带点上门礼啊？他发来一个咧嘴的表情。就是这个表情，让安茹感觉他今天心情不错。

除了你自己，啥也不用带。噢噢，不对，你得给我带早餐。我要吃清湖农批市场对面发记竹窝肠粉店的肠粉，你从那儿走，给我捎一份。我马上给你发地址。

安茹舍不得离开阳台。那一片白茫茫的大水，牢牢地牵引着她的视线。此刻，它安静得像一个处子，羞涩、斯文。以前的清湖，应该就是这样的吧？但是郭驰就要来了，她得换衣服、洗漱，还要把家里收拾一下。她不想让郭驰看见自己的窝乱糟糟的。

门铃响起来时，安茹正在描眉。之前她跟郭驰见面、约会，从来都是素面朝天。但在今天这么重要的日子，她要破一次例。她匆匆结束了化妆，跑到客厅开了门。

郭驰手里提着一只塑料袋。看到安茹，他愣了一下，继而傻笑起来。

你今天真美，像个仙女。他的声音发着抖，眼睛发着光。

你是第一次看到我吗？安茹笑着，接过他手里的袋子。她发现郭驰眼圈有些黑，神情憔悴。她以为这是昨夜的暴风雨在他身上留下的印记，此刻，她只感觉到快乐。

记不记得你问过我，清湖为什么没有湖？

嗯。

好，跟我来吧。

他们在阳台上站定，安茹用手把郭驰的视线引向城中村的工地。

看，那是什么？

她发现郭驰眼里的光黯淡下来。她又扭头看向那面湖。真正的台风即将到来，湖水深不可测，镜面无波。

你看，清湖，多美的清湖。她的声音像是一阵呓语。

虚构死亡

诊室门外似乎有人。尽管那颗脑袋只是在门边闪了一下便缩了回去，我还是感觉到了。这时，我和晓琳在讨论网剧《隐秘的角落》，正为退休警察老陈该不该领养坏小孩严良而争论不休。晓琳和我对面而坐，她眼角的余光应该也瞥到了那颗脑袋。妇产科诊室在走道尽头，门上有指示牌，谁没事也不会来这里探头探脑。我们停止讨论，朝门口看去。几秒钟后，那颗脑袋又出现在我们的取景框。接着是她的腰身。最后，她迈动步子，整个人都装进了门里。

　　这是一位四十多岁的妇女。她穿着一件这个年纪的农村女性不常穿的蓝底白花带丝边的连衣裙，眼角虽然有些皱纹，但皮肤很白，长相耐看。此外，她的身材不矮，至少有一米六五的样子，体态丰腴，却也匀称。总之，这个人看着挺养眼。我下意识瞟了一眼自己游泳圈一样的小腹，心里竟生出一种淡淡的嫉妒。

　　"你找谁？"晓琳问。

　　"我……我来看病。"她眼神躲闪，脸上的表情很不自然。听她这么说，我心里的嫉妒马上就像被风吹散了。

　　"要看什么病？过来坐吧，别在门口站着。"

她向前走几步，走到诊室中间又停下，看看晓琳，再看看我。可能觉得我老成一些，最终，她走到我的问诊桌旁，在椅子上坐下——晓琳虽说也是我们院的资深医生，但她经老，看上去显嫩。女人又瞄了晓琳一眼，扭过头，面朝我，一副欲言又止的模样。对于这样的神情，我并不陌生。早些年在深圳，包括刚回卫生院上班的那几年，我经常接诊这类似乎是羞于启齿的患者——在深圳时，我可是好几家诊所治疗妇科隐疾的"知名专家"。意识到这一点，我忽然有些莫名亢奋。我对晓琳使了个眼色。她端起茶杯，袅袅婷婷地走了。出去的时候，还特意带上了诊室门。

　　了解过她的症状和病情，我已经心里有数。带她到屏风后检查完私处，我直截了当地告诉她，她得的是淋病。她看上去很着急，额上冒出了汗，眼里似乎还有泪花。我洗完手，坐在电脑边准备写病历。她好像已经镇定下来，在我身旁的椅子上坐下，问：

　　"奇怪。好端端的，我怎么会得这种病？"她的脸上浮现一缕讨好的笑容，眼里却有狡黠的光。

　　"我哪里知道？这得问你自己。你可别忘了，我是医生。"我意味深长地笑了一笑。她的脸立刻红了。"淋病是传染病。不过，我看这种病二十多年了，亲手治好的病人不说上千，至少也有好几百了。还好不是尖锐湿疣，不然的话，就有些麻烦。"我看了她一眼，不动声色地说："为了保证治疗效果，你得告诉我详细的病史。只有找到传染源、切断传播途径，才能对症下药，尽快治好你的病。放心，医院有规定，医生要为患者保密。我从医这么多年，从来没有犯过这方面的错误。"

她并不说话。低下头，又抬起来，眼睛望向天花板，眼神显得空洞。

"是你老公？"我终于没忍住。

她犹豫了一下，点点头，脸更红了。

她的反应让我有些泄气。其实，从治疗的角度来讲，这种事情，如果病人不愿意讲，医生也没有必要刨根究底。但是，好几年没有接诊这类病人，再加上她的扭扭捏捏，让我的好奇心像是刚刚淋过一场春雨的野草。也许我不该这么问她，让她得到了启发，而应该循循善诱，至少，问一句"谁传染给你的"，也比这样的提问方式高明。我知道，如果继续追问下去，她的回答无非是：老公在外面寻花问柳染上脏病，回家后把病传染给了她。从医生涯里，我听过了太多这样的故事。虽然不排除很多病人所言属实，但我也能肯定，情况并非全都如此。在深圳的那些年，连有些从事特殊工作的女人也会对我讲这样的故事，为了增加可信度，讲到动情处，她们还会流下眼泪。虽然这种涉嫌低估我的专业能力和观察能力、带有表演性质的举动让我有些不舒服，但我也不想戳穿。毕竟，这样的谎言可能有助于缓解她们的心理压力，对治疗而言没什么不好。

懒得再在这个问题上纠结了。我给她开了一周的头孢曲松静脉滴注，交代她注意私处的清洁卫生、清淡饮食，还特别叮嘱这段时间一定不能再行房事，她的老公也要及时到医院治疗，等等。在说这些时，我表情严肃，她唯唯诺诺地听着，连连点头。我给她开了处方笺，让她去楼下交费拿药。她站起来，走了两步，又像是想起了什么，回过头来问我："周医生，这病多久能好啊？"

"只要配合治疗，一般十天左右就能痊愈。不过，这要看你能不能按我刚才说的去做了。"

"一定，一定。医生的话，哪儿能不听呢。周医生，等我病好了，请你到我们家来吃饭，我以前做过厨师，手艺很不错的。我住双桥村，离镇上不远。对了，我能不能记一下你的电话？"

我把自己的手机号码写在一张纸条上，拿给她。她笑了笑，接过去，转身走了。我发现，走到门口的时候，她还扭动了几下腰肢。这个叫窦阿芳的女人，让我想起了一个词语：风韵犹存。

窦阿芳走后，晓琳还没有回来。她应该又去哪个科室参加业务讨论了。乡镇卫生院就是这样，随着农民洗脚进城，来看病的人越来越少，医生的时间就越来越多。有的科室一天到晚等不来一个病人，坐诊医生空虚寂寞冷，其他科室的同事有空便去坐坐，一来是给他们的诊室增添点人气，二来是开展"业务讨论"。当然，"业务讨论"是我们的内部说法，和工作无关。讨论的话题，包括但不限于院长儿子结婚我们该随多少礼、中秋节院里会发哪个品牌的月饼，等等。

我有时也会参加"业务讨论"，但这会儿诊室里只有我一个人，走不开。我坐在电脑前，窦阿芳的腰肢又在眼前扭动了一下。她临走时的这个动作，让我印象深刻。我忽然有些后悔没有多了解一些她的情况。当了二十多年医生，我接诊过很多患者，但能让我印象深刻的并不多。我想起了叶子。闲着也是闲着，不如跟叶子聊一会儿。

"雯姐，有什么好消息要告诉我？"电话响了好久，我才听到叶子喘着粗气的声音，像是身后有一只藏獒在追。我忘了，这会儿是她的健身时间。这个女人，现在和很多富婆一样，喜欢健身、美容、追剧，把电视里的奶油小生当偶像。

"没什么好消息。我刚才接诊了一个病人，你猜猜，她来看什么病？"

"你接诊的，还不是些妇科病性病什么的……对了，不会是人流吧？"叶子的声音变得严肃。我差点忘了，她对"人流"之类的词语特别敏感。

我和叶子是在深圳认识的。二十年前，我在老家卫生院办了停薪留职，到深圳的小诊所打工。那时候，鹏城遍地工厂，大量女工文化程度不高，生理卫生知识有限，很多私人诊所便如雨后春笋一般应运而生。它们瞄准女工群体，专治妇科疾病、女性性病，主攻人工流产，老板赚得盆满钵满。在卫生院时，我只是一名助理医师，在深圳历练几年后，居然也成了圈内"名医"，经常被一些诊所高薪挖角。

导医把叶子领进我的诊室那天，我来美莱妇科诊所还不到一年。叶子看上去不过二十出头的年纪，穿着附近一家大厂的工衣，小腹微微隆起，一张素面朝天的脸，神色憔悴。估计是来做人流的，看她的肚子，至少有四个月的身孕——初步判断，这是一只"绵羊"。绵羊，是美莱诊所对那些单纯温顺、容易忽悠的病人的专用称呼。对有一定社会经验、警惕性高的病人，我们称之为"狐狸"。小诊所的医生最喜欢"绵羊"，一般来说，往往只需几句话就能把她们唬住，再稍稍施展话术，便能让她们心甘情愿地掏更多钱，来做并不复杂的人工流产，或者治疗一些被医生夸大了病情的隐疾。对眼前的这只"绵羊"，我有信心抓住——每抓住一只"绵羊"，我就会多一些收入。

一问之下，果不其然。我告诉她，怀孕超过三个月堕胎需要做引产手术，难度和风险都很大，要住院，还要用到先进的仪器和药物，所以费用会高一些。我一边说，一边观察着她的反应。叶子好像有些发冷，她瑟缩着肩膀，眼神里流露出不安和恐惧。"手术要……多少钱？"她问我，牙齿像是在打战。我忽然生出一丝恻隐之心。很多女工每个月领到工资后，只给自己留些生活费，其余的钱都寄回家里。看上去，这个女孩身上也没有多少钱。算了，下手还是不要太狠。我说："两千块左右吧。"我看到她眼里有一束光跳了一下，脸上是一种如释重负的神情。"两千？我有，在我男朋友那里。什么时候交钱？""先不急。到那张床上躺下来，我要检查一下你的身体情况。"

开好处方笺，我让叶子去交费。几分钟后，我听到外面传来哭声。声音凄惨尖厉，具有很强的穿透力。我苦笑着摇摇头，以为又有家属来闹事——那个年代，小诊所是医疗事故和医疗纠纷的高发地。按照惯例，老板自会安排在这方面经验丰富的医生处理，不用我抛头露面。但哭声越来越高亢，我忍不住想出去看看。

是叶子。她蜷缩在大堂靠墙的长椅上，放声大哭。她用两只手捂住脸，却捂不住哭声和泪水。导医小林站在叶子身边，一筹莫展。我把小林拉到一旁，问她怎么回事。小林说，叶子拿着单子从诊室出来，准备让她男朋友去交费，谁知却找不到他的人影。那个男孩是和叶子一起来的，小林把叶子送进诊室，出来后就没有看到他了。打工江湖，无奇不有。这些年我闯荡深圳，形形色色的事情见得多了。我到前台拿来纸巾，塞了几张到叶子手里，安慰她说，说不定她男朋友临时有事走开了，先别慌，等一会儿再看看。叶子慢慢止住哭泣，用纸巾擦着眼泪。这会儿没有别的病人，我索性也在椅子上坐下，一起等她的男朋友出现。

"他有没有手机或者 Call 机？"我问叶子。她摇摇头。

"你有多少钱在他手上？"

"三千。他没有钱，这三千块还是我找工友借的……"

我心里暗叫不好。连女友打胎都不愿出钱的人，什么事情干不出来？可这话不好跟叶子说。为了稳定她的情绪，我搜索话题，有一搭没一搭地跟她聊天。叶子说，她跟那个男孩是半年前在溜冰场上认识的。他在叶子对面的工厂上班，是溜冰高手，长得又帅，很招女孩子喜欢。她请他教她溜冰，两人很快开始拍拖，紧跟着就发生了关系。

"你对他了解多吗？"

叶子皱着眉头想了几秒钟。

"我只知道他是湖北江州人，别的……别的还不太了解。"

我心里一惊。我也来自湖北江州，没想到，这个对叶子做下孽的人，竟然是我的老乡。我感觉自己脸上发热，幸好，叶子这会儿正出神地盯着地板，并没有看我。我不能一直陪她这么等下去，给她端来一杯水，让她有事找我，就回了自己的诊室。她在诊所等了两个多小时，期间我接诊了一位妇科病患者、一位性病患者。天已经快黑了，叶子的脸上渐渐显出绝望。我让她先回去，到她男朋友的工厂找找看，说不定能找到他。

"找到他了，拿到钱，明天上午再来找我。"

"要是……找不到呢？"叶子问我。看她的表情，似乎又要哭出来。

"那……我也不知道。"我狠狠心，逼自己说出了这句话。

第二天上午，诊所开门没多久，叶子就来了。她径直走进我的诊室，脸上泪痕未干。不用问，我也知道她没有找到那个王八蛋。我昨天的预感是对的。

"我去他的厂里找过。他已经跑了，听保安说，他连宿舍的行李都拿走了。周医生，我真的没钱了，你能不能帮帮我？你先帮我做手术，我打欠条给你，以后发工资了还你钱……"话还没说完，叶子就扑通一声，跪在我面前的地板上，眼泪夺眶而出。我赶紧上前，把她扶到椅子上坐下。

这种情况，我还是第一次碰到。这一单生意，肯定是黄了。怎么办呢，把她赶出去？再怎么狠心，我也做不出来。更何况，干下这种伤天害理之事的，是我的老乡。先给她做手术？就算我答应了，老板也不会同意，心不狠、手不黑，是开不了这种诊所的。昨天下午，我还以为她是只"绵羊"。现在可好，成了一只烫手山芋。

纪念日

我脑子里像是有两队人马在激战，一时难以决断。叶子哀哀地说："周医生……你昨天不是说过，手术拖得越晚，风险就越大吗？我实在找不到人借钱了，还要领三个月的工资，才能凑够手术费。"她突然用两只拳头狠命捶打起自己的小腹，一脸生无可恋的样子："周医生，我不让你为难了。我自己把他打掉，这是我该得的报应……"我急忙抓住她的胳膊，说："你不能这样。我想想办法，看看能不能帮上忙。你再这样，我就不管了。"叶子这才停下来，眼泪汪汪地看着我。

　　老板不在诊所，我走到外面给他打电话，把叶子的情况讲了，问他能不能帮她免费做一次引产。老板说："小周啊，诊所的规定你是知道的。我们不是慈善机构，你又和她非亲非故，这个口子不好开。再说，谁知道她会不会是在演苦情戏给你看？这年头，林子大了，什么鸟没有啊。"我知道，所谓"苦情戏"，只是老板的借口。好在我已经做好了被拒绝的准备。老板经常说，我是他从别的诊所挖过来的"镇所之宝"。现在，到了检验这块"镇所之宝"成色的时候了。我向老板提出，希望能用成本价帮叶子做手术，费用从我这个月的工资里扣。老板犹豫了几秒钟，总算答应了。

　　引产是在第三天下午完成的，进行得比较顺利，不用再做清宫手术。本来，按照流程，做完引产后，叶子还要在诊所住院观察一天。但她执意要回去，说是不想再给我增加麻烦。她的身体没什么大碍，我只好随她。走之前，叶子要了我的手机号码，说等凑够了钱，就来找我。我让她不用惦记这事，先把自己的身体养好，最好能请几天假，好好休息一下。还要吃点好的，补充一下营养。话说出口后，我才意识到不妥：她现在身无分文，住院三天期间，连饭菜都是我厚着脸皮从诊所伙房给她打来的，拿什么来补充营养？唉，我可能上辈子欠她什么。我塞了两百块钱到叶子手里，让她去买点水果牛奶。她死活不肯要，我说就当是借我的，下次一起还。她这才拿了，对我千恩万谢。走的时候，我看到她眼里泪光闪烁。

　　还没等到叶子来还钱，我又跳槽了——龙岗一间诊所的老板，承诺给我更好的待遇。比起我的收入，给叶子做手术的那点钱，已经算不了什么。我忙着在新的诊所抓"绵羊"。我要挣够50万，然后回老家卫生院安安心心地上班，再在县城买一套房子，过男人儿子热炕头的普通女人的生活。我知道自己是在给诊所老板们充当帮凶，心里经常会有负罪感，但最后总是会用生存压力之类的理由来说服自己。我不知道叶子后来有没有去美莱诊所找我，反正，她没有给我打过电话。

　　三年后，我终于攒够了50万存款，如愿回到老家，上了班，买了房，日子过得还算惬意。在深圳从医八年，我积累了丰富的人流和妇科、性病治疗经验，一回到卫生院，就成了妇产科的骨干，连院长也对我另眼相看。和深圳的诊所比起来，卫生院真是太清闲了。我一个月接诊的病人，还没有在深圳一个星期的多。刚回来那段时间，我很不习惯，有时会想起过去的那些病人，特别是叶子。那时候叶子没有手机，和我失去联系后，她就像一滴水汇进大海，再也别想找到。我惦记着叶子有没有找到她的男朋友，那个把怀孕四个多月的她一个人丢在诊所、拿着她的三千块手术费跑路的人渣。我不知道她是否还在那间大厂打工，现在过得怎样。想着想着，我忽然有些后悔：从美莱诊所跳槽时，我为什么不碰碰运气，去叶子所在的工厂找找她呢？

生活的强大惯性，总是会让身处其中的人不知不觉发生改变。没过多久，我又适应了新的工作节奏，叶子那张漂亮但神色憔悴的脸逐渐在我的脑海里变得模糊。十年之后，当我接到叶子的电话时，竟然一点儿也没有听出那是她的声音。

"您好。是周医生吗？"

"我是。你是哪位？"我看了看手机显示，是一个深圳号码。现在，已经很少有深圳号码拨打我的电话了。

"我是叶子。2002年，您给我做过手术，我还欠您手术费呢。您忘了？"

像是有一束光，突然照亮了脑海深处那些被尘埃覆盖的往事。和十三年前相比，叶子的声音多了些经历世事的沧桑、从容和沉静。她告诉我，当她带着攒下的三个月工资去美莱诊所时，才发现我已经不在那里。本来，她可以打电话找我，但犹豫许久，她还是没有这么做——对她来说，两千块钱并不是一个小数目。既然我已经离开了美莱，她觉得，这两千块或许是命运对她的补偿。后来，厂里电子生产部的一个课长开始追她，两年后，他们结了婚，老公也从课长升任经理。又过了三年，老公离职，和朋友合伙开了一家电子厂，叶子也离开那家大厂，当起了全职太太。老公的电子厂越做越红火，已经拥有一千多名员工。

　　"这么说，你已经是大公司的老板娘了？恭喜恭喜。"我很替叶子高兴。当然，也有些羡慕。

　　"没啥好恭喜的。这世上，除了钱，还有很多更重要的事情。经历得越多，你越会看轻一些东西，珍惜另一些东西。"叶子的语气淡淡的，让我听出了一些别的味道。没想到，十多年后，她变得像一个哲学家。

　　我很想问问她，后来有没有找到那个渣男，但话到嘴边又憋回去了——没必要去碰她的伤疤。叶子和我聊了一个多小时，聊得我的手机像块暖手宝，叶子才说："手机快没电了。周医生，欠你的两千块，我怎么还你啊？"

　　"两千块？你想得美。那时候的两千块，顶现在多少？

纪念日

再说，还得算利息吧？你这个老板娘，可真是抠门。"我跟叶子开玩笑。

"我真怀疑你还是不是当年那个仁义厚道的周医生，这么会算账。算了，谈钱俗气，何况，钱可以还，恩情还不完。你啥时候方便？我请你来深圳转转，可以带家人，也可以带朋友，所有花销我买单，怎么样？"

叶子的话让我有些心动。毕竟，从深圳回来后，我再也没有去过那个地方。我想重游故地，看看那座留下了太多回忆、让我不时感觉自己像坏人的城市，都有哪些变化。我答应了叶子。三个月后，我带着放暑假的儿子，坐上了飞往深圳的航班。

我和儿子受到了叶子的热情接待。在深圳的那一个星期，她是我们的全职导游兼服务员。她开着自己的宝马，负责我们在深圳期间的交通。其他的，诸如景点门票、住宿、吃喝，甚至连购物，也都一手替我们包办了，简直可以用无微不至来形容。回湖北的前一天，她请我们去她家里吃饭，她要亲自下厨招待客人。

叶子家的房子很大，虽然各种豪华家具摆设不少，我还是感觉空荡荡的。叶子告诉我，她女儿在一所贵族学校上学，这段时间在学校补课。至于老公，更是很少在家。那天，叶子主厨，她家的阿姨打下手，做了十多个菜，其中有好几道是我最爱的海鲜。三个人围着那张摆满菜肴的大餐台，显得有些冷清。我尽量大着嗓音说话，如此一来，气氛倒显得有些怪异。吃完饭，儿子去房间休息，叶子带我到露台喝茶。她打开音响，放了一段轻柔的音乐。

"雯姐，你说我现在过得幸福吗？"叶子现在不喊我周医生了。来深圳之前，我们常在电话里聊天，那时就感觉很投缘，这几天处下来，彼此之间更加亲密了。她改口叫我雯姐，我也欣然答应，没有觉得一丝突然。仿佛，这是水到渠成的事情。

我沉吟着，不知如何接口。"雯姐是聪明人，一定看出来了。我老公在外面有女人，还不止一个。"叶子的话并不使我吃惊，但她没有把我当外人，让我心里热乎乎的。接着，她话题一转。"早些年，我的心里都是仇恨。我恨那个人，他是我的初恋，却对我那么绝情。我想，假如有一天找到了他，我一定要毁掉他的容貌，或者把他弄成残疾，让他一辈子生不如死，不得安生。但现在我不恨他了。我在想，他那样做，是不是有别的原因？你知道，人有时候是会做一些身不由己的事情的……"

叶子的声音和缓、低沉，不知何时，音乐的旋律也变得哀婉，露台上萦绕着一缕忧伤的气息。叶子起身拿来她的坤包，从包里取出一张照片，把它递给我。照片上是她和一个帅气的男孩，两个人站在公园的草地上，牵着手，笑着。隔着照片，我也能感受到他们美好蓬勃的青春。

————————————————————纪念日

"我和他拍拖一场，就剩下这张照片了。你说，我还能找到他吗？"叶子问我。

"我觉得，事情也许不是你想的那样。再说，找到了他，你又能干什么呢？"

"不干什么。我只想问问他，他到底为什么要那样对我？只要他的回答能让我接受，我就再不纠结了。"

我有点不放心叶子。她有家庭，有女儿，已经跻身精英阶层，这样的生活，是多少女人无比向往却无法得到的。我不确定，她是否真的只是想问问他，那个在我看来确凿无疑的人渣。但是，现在，作为朋友，我有义务告诉他，她想找的那个人，老家和我是同一个县。不然，我对不起那声"雯姐"。

"我也是江州人。回去后，我留意一下，看看能不能帮上忙。"

"江州？你不是临阳人吗？"

"现在的临阳就是以前的江州，2008年改名的。"

叶子的眼里像是升起一盏小太阳，明亮，有光。她说："雯姐，你们是老乡，或许哪天在大街上就能碰到他。你再看看他的照片，加深印象。你知道他的名字吧？马建设，马，牛马的马，建设祖国的建设……"

从深圳回来，我多了一项任务：寻找马建设。在很大程度上，我接下这桩差事，只是为了安慰叶子。我觉得，叶子的想法有些偏离正常的生活轨道，在向危险的边缘滑行。所以，我并不打算尽心尽力地去做这件事情。再说，我又不是公安局长，要在近百万江州人中找到一个叫马建设的男人，谈何容易？我以为，再过一段时间，叶子的这种想法或许会慢慢淡下来。但是她好像偏偏要和我作对，每次和她聊天，都会问我有没有马建设的消息。

最后一次静脉滴注时，我给窦阿芳做过检查，她的病情已经明显好转。这之后，我就没有看到过她。想来，她应该已经痊愈，所以没有再来卫生院。不料，一个月后，我在卫生院组织的下乡义诊活动中又碰到了她。我们在双桥村卫生室门前摆开几张桌子，分别负责测血糖、量血压、做外科检查、受理健康咨询。我正在给一位婆婆测血糖，听到有人在喊我："周医生，周医生。"这声音听上去有些克制，似乎既想让我听到，又怕引起别人的注意。我循声望去，看到了正在排队的窦阿芳。她穿着一件紧身黑色连衣裙，脸红红的，在几个老头老太中间分外显眼。我想起来了，她上次说过，她就住在离镇上不远的双桥村。我便和她打了招呼。轮到她量血糖了。她把胳膊搁在面前的桌子上，左右看看，小声说："周医生，中午去我家吃饭吧，你上次答应过的。我正好早上买了菜。"上次，我以为她只是客套，没想到，她还真把请我吃饭当了一回事。

但是，她得的那病，让我对去她家吃饭这事没有太大的兴趣。我面有难色地回答她："同事们都在呢。再说，也不知道义诊会搞到什么时候。下次吧。""择日不如撞日，就今天吧。下次还不知道是哪一天。不是我自卖自夸，我做的菜，很多人吃过了还想吃。你要是不去，我就在这儿守着。"她执拗地看着我，一脸的不依不饶。我想起了她在卫生院扭动腰肢的样子。好吧，既然她这么自信，就去她家看看吧。说不定，我这个不擅下厨的人，还能从她那里学几招秘技。

义诊刚刚搞完，窦阿芳的电话就打过来了，她说饭菜已经做好，要过来接我。我没有让她来接，按她在电话里的指引找到了她的家。她家离卫生室不远，是一座红砖机瓦房，和村里很多两三层的楼房比起来，显得有些寒酸。家里的摆设也很简单，但是还算干净。她做了四菜一汤，有红烧鲫鱼、小炒牛肉、蒜蓉苋菜、西红柿蛋汤，居然还有一道油焖大虾。以我对农村的了解，普通人家，并非每天都会准备这些食材。我有理由怀疑，窦阿芳临时去镇上买过菜。一念至此，心里忽然涌起一阵小小的感动。

窦阿芳没有吹牛，她的手艺果然不错，菜肴的味道比镇上馆子里的都要好。只有我和她两个人吃饭，席间，窦阿芳说，她老公在市里一家工厂当保安，两个月才能回家一次，儿子在武汉上大学，只有寒暑假才回来。至于公公婆婆，几年前就已经过世。平时，家里只有她一个人生火做饭。我夹了一只小龙虾到碗里，一边剥着虾头，一边问她："你老公回家一趟，能待几天？""两天吧，最多三天。当保安，又不自由，工资又少，还不如去工地搞建筑，一天能挣两三百块。让他去工地，他说，搬砖砌墙架模的活儿，是我干的吗？好像他有多金贵似的！"

临走时，我问窦阿芳病好了没有。她支支吾吾地回答："嗯，差不多了，差不多了……"她的脸上，又浮上那种我所熟悉的、不自然的表情。我隐隐觉得，关于她的病，窦阿芳应该对我隐瞒了什么。我让她有空来卫生院，我给她做个检查，不收费。

义诊过后不到半个月，窦阿芳又来了卫生院。和她一起来到妇产科诊室的，还有几十个土鸡蛋。它们躺在一只透明的塑料油桶里，被窦阿芳放上了我的问诊桌。一看到她进来，晓琳就端着茶杯出去了。

窦阿芳又是来看病的。还是淋病。给她做过检查，我大吃一惊：和上次相比，这一次，她的情况更严重。我尽量克制住自己的情绪，装作漫不经心地问："你老公这个月回来了？"

"没有啊。怎么啦？"不知道是上次那顿饭或者桌上那半桶土鸡蛋让窦阿芳建立起对我的信任，进而放松了警惕，还是她没有意识到这个问题是一个陷阱。总之，窦阿芳的回答充满自信。不过，她的脸很快就红了，比油桶里的鸡蛋还红。

"你有没有按照我说的办？"我沉下脸，感觉自己像一个正在审问嫌犯的警察。我看到她低下头去，两只手放在膝盖上，一会儿交叠到一起，一会儿分开。

"再不跟我说实话、不遵医嘱，你这病就别想好！你想想，要是拖得时间长了，被你老公知道了，或者传出去了，得有多麻烦！"我的声音充满威严。这个窦阿芳，真是没脑子。不吓唬吓唬她，不知道她还会干出什么事来。

"周医生，只要你不说，就没有人知道吧？"

她的回答差点没把我气死。"谁说我一定不会说？跟你讲过，这段时间，要杜绝房事、注意卫生。要是按我说的来，一定不会发展到这种程度。"我尽量让自己的语气柔和一些。"我是医生，我们又是朋友，你就别瞒我了。跟我说实话，我帮你想办法，好不好？我是真心希望你能早点好，你也知道，这不是什么光彩的事情！"我想了想，又补了一句："我不会说出去的。刚才说的是气话。"

窦阿芳的头沉得更低了，抬手在脸上抹了一把。我从桌上抽了几张纸巾给她，她接过去。等她抬起头时，我发现她的眼圈红红的。"周医生……都是我们村赵四害的。我不让他来，他偏要来……他力气大，我奈何不了他……"

"赵四？"

"嗯。他在我们村开猪场，喜欢乱来。我家里穷，儿子上大学要钱，这你是知道的……"

我大概明白是怎么回事了。我对眼前的这个女人又恨又怜，忽然非常后悔那次去她家吃饭。那顿饭，花了她多少钱？那钱，是赵四给她的吗……我不由得感到恶心。

"你不能再这样了。家里穷，可以想别的办法，这样下去是不行的。你做饭手艺这么好，人也年轻，去有钱人家做个保姆，不是绰绰有余吗？这样，你们两口子的收入加起来，供你儿子上学应该不成问题。等他毕业了，你们就解放了，对不对？"

窦阿芳一个劲儿地点头，脸上敷的一层薄粉被眼泪犁出两道浅沟。我给她开了处方，又掏了两百块钱给她，让她去楼下交费拿药。她怎么说都不肯要，我提起桌上的油桶，作势要往地上摔。"你要不要？不要的话，这鸡蛋我也不要了，现在就给你砸烂！"她这才把钱接了，又拿纸巾擦了擦脸，出门去了。我注意到，这一次，她没有再扭腰。

下一个星期四，是我轮休。我正在家里搞卫生，接到了晓琳的电话。"雯姐，刚才有个男人到妇产科诊室找你，问他什么事，也不说。我说你明天才上班，他才嘟嘟囔囔地走了。那个人四十多岁，个子挺高，快有一米八了，长得有点像刘德华，看起来也不像坏人，就是不知道为什么点名要找你。雯姐你好好想想，这个人你有没有印象？"

我搜肠刮肚，都没想起来什么时候跟一个和刘德华长得挺像的人打过交道。又努力回忆这段时间经历的大小事情，还是没发现什么疑点。我几个月都没有出过远门，每天不是在卫生院，就是宅在家里、去菜市场。病人和同事都是女性，只有买菜的时候才有机会接触别的男人。对了，因为短斤少两，我和县城南门菜场的鱼贩子发生过争执。但那个鱼贩子长得比刘德华差了老远，再说，为几块钱的事，他不大可能买凶寻仇吧？我想得脑仁发疼，也没捋出个所以然。算了，我自认做事问心无愧，不怕半夜鬼敲门。我告诉晓琳，我也不知道是怎么回事。她说："应该也没有什么大事，不过你还是要小心点儿。"

　　晓琳的这句话提醒了我。上个月，儿子带女朋友回家，在网上买了一堆七七八八的东西，包括两瓶"防狼喷雾"。走的时候，这两瓶喷雾被他们落在了家里。如果真有什么事情，"防狼喷雾"或许能派上用场。周五早上出门时，我把它们装进了包里。

　　那个男人果然又来了。真像晓琳说的，他长得和刘德华相似，但眉眼之间有几分委顿，还有几分油滑。我忽然觉得，除了刘德华，他还很像另一个人。但我一时想不起来那个人是谁。时间也不允许我思考这个问题，因为他朝我走了过来。我打开桌屉，握住了喷雾的手柄。那人一进门，晓琳就用手机拨了一个号码，又很快挂掉——院里的男同事马上就要赶过来了。我已经提前跟院长报告过这事，这是我们的暗号。

"你是周医生吧？"他在离我大约两三步远的地方停下，看着我。

"我是。听说你昨天就来找过我，是有什么事吗？"虽然我判断他不会做出什么暴力行为，但嗓音还是有些打战。

"我是窦阿芳的老公。我来找你，只是想跟你确认一下，她得的是不是淋病？"

我脑袋里嗡了一下。这个可怜的女人，还是被她老公发现了。虽然方寸有点乱，但我知道，不管于公于私，都不能跟他多说什么。

"医院有规定，医生要为患者的病情保密。谁能证明你是她老公？再说，就算你是她老公，没有得到当事人的允许，我也不能透露她的病情。"

我觉得自己的回答无懈可击。这个男人眨巴了几下眼睛，朝我笑了一下，说："那好。你等着。"说完，他转身出了诊室，往楼梯方向走。院长和另一个男同事已经来到了门外。我松开喷雾把手，发现手心全是汗。院长在门口问我："怎么样，要不要报警？"我说："等下再看吧，应该不用。"

那个人很快就上来了，还带着窦阿芳。窦阿芳走在前面，身上穿着第一次来卫生院时的那件蓝底白花连衣裙，眼睛盯着地板，像一个被警察押解的嫌疑人。他们走进诊室，院长和男同事跟了进来。那个人隔着窦阿芳，把一本结婚证扔到我面前的桌上，扭头看着她，说："阿芳，我是不是你老公？"我看到窦阿芳点了点头。

我有一种强烈的预感：这一次，窦阿芳在劫难逃。看来，这个男人真不是冲我来的。我对晓琳和院长使了个眼色。他们走出诊室。那个男人走过去关上诊室门，又走回来。"周医生，这里怎么会有这么多人？你太紧张了吧。现在，你只管告诉我，阿芳得的是不是性病。你已经同意了，对不对，阿芳？"这时候，阿芳抬起头来看着我。她满眼的泪，眼神里是木然，还有几分哀求。"周医生，你就告诉他吧。其实，他早就……早就知道我和赵四的事了。你不告诉他，他还会让我出丑。"

我想不到阿芳会这么说，只好对那个男人点点头。

"太好了，谢谢你啊，周医生。"那个人忽然眉飞色舞。他从裤兜里掏出手机打电话，边往门口走边说："赵四你个狗日的，我这会儿在医院。告诉你，我老婆得了淋病。淋病，知道吧？这次，你至少得拿一万块给我马建设，不给的话，咱们走着瞧……"马建设？我的脑海像是劈过一道闪电。就在此刻，我知道他是谁了。

人都走了。我给叶子打电话，还没等她开玩笑地问我有没有好消息，我就劈头盖脸地告诉她："我刚才看到马建设，他已经死了。""真的？雯姐你不是在骗我吧？"叶子的声音里满是疑惑和惊诧。"不骗你。下午，卫生院门口发生了一起车祸，一个男人被一辆大卡车撞死了。我的同事看到了他散落在地上的身份证，他叫马建设，头像和你给我看的那张照片很像。"

不可饶恕

哐当。哐当。哐哐哐。每天深夜两点，郭驰都会被惊醒。隔着双层玻璃窗，布龙路上的汽车从加厚钢板上驶过的声音显得凝滞、沉闷，像一把固执的锤子，一下一下地敲打着他的睡眠。身旁的阿曼打着小呼噜，睡得正酣。虽然已经醒了，但郭驰依然紧闭着眼睛，他怕一睁开双眼，睡意就会从自己的身体里逃走。但是没有用，还是睡不着。搬到四季春城五年了，布龙路至少施过三次工。先是路面拓宽，接着是雨污分流，这一次，是修建地铁。为什么一定要铺钢板呢？郭驰有些想不通。但好像也不能把失眠的原因全部归咎到这一点。前两次施工，工程队也在坑洼不平的路面铺上了钢板，但并没有让他像这样在半夜醒来，然后一直迷迷糊糊到清晨。

　　一定是因为那个视频。大约一个月前，郭驰无意中在网络上看到一段视频：一个十岁的男孩被不法团伙从家门口拐走，并被带到另一座城市，遭遇了非人的折磨。五年后，男孩的母亲到这座城市出差，无意中在街头看到一位双腿残疾、匍匐在街头乞讨的少年。从少年的脸型和额角的黑痣，母亲认出他就是自己当年失踪的儿子，于是报警，公安机关很快破获了这起拐卖儿童和故意伤害案。少年得到了解救，但他的人生，却再也无法重来。

这段视频像一颗深水炸弹，让郭驰受到了巨大的冲击力，也炸出了他记忆深处的一件陈年往事。他收藏了这段视频，一次次地想点开重看，又一次次地把这样的想法摁了下去。但他还是最终说服了自己，又回看了几次视频。他以为多看几遍，就不会像第一次看到它时那么震撼。然而事情并不是这样。看得越多，他的联想就越芜杂、可怖。他努力驱除这些联想，但它们却像越织越密的蛛网，在他的心头投下一片巨大的阴影，让他无法逃脱。

阿曼并不知道郭驰夜里的煎熬，还抱怨他对自己没有以前那么热情了。阿曼说得很委婉。都十多年的夫妻了，哪里还有那么多热情？她想说的其实是，这段时间，他们的夫妻生活太少了。郭驰当然懂得阿曼的弦外之音，却也只能抱歉地笑笑。在这方面，阿曼的要求并不高。按理说，四十岁的阿曼，正是渴望被爱抚的年纪，这几年里，一个月下来，他们能有三次房事就算超常发挥，阿曼也没有说什么。但这个月快过完了，他们的行房记录还是零。在这样的数据面前，郭驰觉得自己没有尽到做丈夫的责任，对不起阿曼。可是没有办法。人到中年，欲望淡了，更别说现在，脑子只要一有空，就会蹦出那个视频，还有那些绵长辽阔、无边无际的想象。它们像老鼠，啮咬着、折磨着他，像是在提醒他：你要为自己做过的事情付出代价。

要不要跟阿曼说说这事呢？郭驰有些纠结。这些年来，他在阿曼心目中的形象一直是积极、正面的。阿曼经常当着亲戚朋友和闺蜜晓琳的面，夸他勇敢、有担当，还让儿子长大了向爸爸学习。晓琳是市人民医院的心理医生，曾经做过一个"幸福家庭的密码"的课题，郭驰一家还是她的研究对象。阿曼的评价，让他有些小小的得意，但又隐隐有些不安。当时，他不知道自己的这种不安来自何处。看到这个视频，他似乎一下子找到了答案。但是，说到底，那件事只是他心底的一个秘密，和其他人并没有关系，包括阿曼、儿子。他是那么珍视家庭，他不敢肯定，如果告诉了阿曼这个秘密，她会不会改变对自己的看法。他一直在矛盾、犹豫，也许是和那些可怕的想象有关。

周一的公司例会上，老总正在讲话，郭驰竟然打起了瞌睡。蒙眬中，他听到有人在喊自己的名字，便懵里懵懂地站起来，嘴角还挂着涎水，会议室里响起一阵笑声。老总看着他，双手朝下按了按，示意他坐下。郭驰的脸好一阵红——对他来说，这是在公司十多年来从未有过的事情。他从椭圆形会议桌上的纸巾盒里抽出纸巾擦了擦嘴，心里满是懊恼。会议结束后，他被老总单独留下来。老总笑眯眯地看着他，说，按照我的经验，男人晚上没睡好，一般是因为老婆喂不饱。老总喜欢开玩笑，特别是对郭驰这样的老部下。郭驰也笑笑，不说话。老总说，我看你最近状态不太好，是家里有了事，还是外面有了人？有事的话，跟我说说，没准儿我能帮上忙。郭驰缓缓摇头，说，家里都还好。至于外面有没有人，您还不了解我？老总又认真地看了一眼郭驰，说，好吧，我信你。孩子快放暑假了吧？公司这段时间不忙，我建议你休几天年假，带老婆孩子出去转转，自己也能散散心。品牌部的工作，你自己安排好就行。郭驰说，好，我看看。

　　老总的话给了郭驰启发。他觉得，是该好好考虑一下老总的这个建议了。自己需要休息，需要解脱，需要和头脑里那些沸腾的念头一刀两断，重新回到以前的生活。来一次旅行，或许是最好的方式。去哪里旅行呢？他又不由自主地想起了二十七年前的那段旅程。有了！一个想法突然蹿出来，让郭驰有些兴奋，还有些激动。他脸上发热，心跳也开始加速。他朝自己的办公室外面望了望，似乎有人在偷窥他一样，但并没有人注意他。郭驰强迫自己冷静下来，开始设想这次旅行的细节，包括事前准备，具体行程，可能会遇到的困难，如何对阿曼说明自己的意图、说服她配合，等等。至于公司的事情，他倒不太担心。他是品牌部总监，手下那帮年轻人已经被他调教得个顶个的棒，他相信，他不在的这段时间，他们能把担子挑起来。他给阿曼发去微信，说晚上在外婆家订了房，下班后不用做饭了，让她接上儿子直接过去。阿曼给他回了一个大大的拇指，又给他发来一长溜的玫瑰花。

阿曼爱吃杭帮菜。家里来了客人，或者两口子都不想下厨时，就去只隔了小区两条街的外婆家下馆子。今天请我们娘儿俩吃饭，是有啥好事吗？阿曼搛了一筷子外婆红烧肉到口里，一边嚼着一边问。她的嘴唇放着油光。庆祝我们即将开启暑期之旅。暑期之旅？不是说好了国庆节去日本看红叶的吗，怎么变卦了？没有变卦，日本之行不变，暑期旅行是临时增加的安排。阿曼的眼睛里也放出光来，但她很快又蹙起了眉头。去几天？我得看看年假够不够。计划九天。啊，这么久？阿曼惊讶地叫出声来，儿子苑杰却在一边兴奋得拍起了巴掌。阿曼在一家文化公司的行政部门上班，平时工作并不忙。还好吧，你不是有十天年假吗？请五天，加上两个周末，刚刚好。还剩五天年假，留着有事的时候用。去哪里啊，比去日本还久？一个好地方，我以前跟你说过的。郭驰拿起手机，调出几张照片，送到阿曼面前。第一张照片里是一片浩渺的大水，水中央有一座小岛，水面雾气缭绕，犹如仙境。另一张照片是一座巍峨的大坝，大坝下方奔涌出滔滔江水。第三张是航拍照，一条玉带似的公路在葱郁葱茏的群山、碧波荡漾的水面之间时隐时现。真美！阿曼发出惊叹。这就是丹江，我以前上学的地方，现在正发展全域旅游，走到哪儿都是风景，都有故事。郭驰说。

去年夏天，郭驰接到了当年就读的那所农业学校班级同学会的邀请。去年是他们毕业二十五周年，一位在丹江当镇长的同学牵头组织同学会，说大家毕业后一直没见面，该好好地聚一聚。他本来已经答应参加，还准备带上阿曼和苑杰重游故地。当时，阿曼打趣地说，有我们两个拖油瓶跟着，你不怕没机会和初恋情人再续前缘？郭驰说，哪有什么初恋情人。当年我在班上年纪最小，个头最小，胆子也小，又腼腆又内向。班上就那么几个女生，一个个骄傲得像下凡的仙女，眼里哪儿还有我这个小萝卜头。阿曼说，那你更应该去参加同学会，让她们瞧瞧当年看不上眼的小萝卜头现在是个啥模样，馋死她们，后悔死她们。本来，丹江之行一切都已安排妥当，不巧的是，临行前，在深圳和妹妹一家同住的父亲洗澡时摔了一跤，髌骨粉碎性骨折。他不得不留下来，和妹妹轮流照顾住院的父亲。就这样，他与同学会完美错过。

　　你们今年又有同学会？阿曼问。郭驰摇摇头。前两天，那位镇长同学给我发来这些照片。我是真的没想到，才二十多年，丹江的变化这么大，水库看上去比千岛湖还漂亮。去年错过了同学会，今年无论如何都该去走走看看了。也不知道学校门口那间炒面店还在不在，当年经常去偷橘子的橘园还有没有橘子树。阿曼显然被照片上的风光和他说这些话时的语气打动了。她说，苑杰下礼拜就放假了。你打算什么时候去？

哐当，哐当，哐哐哐。郭驰一家人的座位靠近两列车厢的连接处，火车行进时，发出类似于布龙路上的汽车驶过厚钢板的响声，直冲他的耳膜。盛夏时节，汉江中游平原上满目青翠，大片大片的大豆、花生、玉米地绵延铺展，一眼望不到边。郭驰贪婪地看向窗外，一点儿也不觉得眼前的景色单调、乏味。他和阿曼对这次旅行的定位是怀旧寻访之旅。对他来说，是怀旧；对妻儿来说，是追随他的脚步，寻访他青年时代的行踪和轨迹。

从那所农业中专毕业之后，他就再也没有到过丹江，一晃，已经二十六年了。上学的时候，他要从邻县的火车站乘车到襄阳，再转火车或长途汽车到丹江。现在，汉丹线西段停运，省城和襄阳虽然都有直达丹江的火车，但都是高铁、动车，不再走汉丹线。这次，他特意带着妻儿从深圳乘飞机到省城，再坐绿皮火车到十堰，转一趟车去丹江，为的就是寻找当年的那种感觉。按他的想法，最好是能先从省城到襄阳，再乘长途汽车到丹江，因为，这两地之间的长途班车，就是如今沉甸甸地压在他心头那段往事的起点。但是阿曼不同意这样。她说，长途大巴不安全，而且，大巴车里又逼仄又憋闷，苑杰会受不了。他想想，也是。再说，当年的班车走的是省道，现在一定会走高速公路，就算坐上长途班车，也很难再有二十多年前的那种体验。最终，他选择了现在的方案。从省城到十堰的火车经过襄阳，要走五个多小时。为了怀旧，他甚至只买了坐票。阿曼起初还打算给自己和儿子买卧铺票，他开玩笑地问她，你不想看看当年我是怎样坐车上学的吗？阿曼想了想，说，那好，我们娘儿俩就陪你同甘共苦吧。

省城到十堰的普速火车只有一趟。为了能坐上这趟车，郭驰一家三口在省城住了一夜。不知道是不是因为慢车在高铁时代失宠了，车上的乘客稀稀拉拉。刚上车时，苑杰觉得新鲜，在车厢里跑来跑去，在座椅上上蹦下跳，这会儿玩累了，横躺在座位上，头偎在阿曼怀里睡着了。正值午后，阿曼也进入假寐状态。为了让他俩睡得舒服一些，郭驰坐在对面的空位上。虽然昨晚在省城睡得也不好，但他这会儿却毫无困意。火车驶过一座小站，站名让郭驰觉得熟悉、亲切。他的眼前又浮现出小女孩的脸。此刻，那张脸比任何时候都要清晰，清晰得让他有些害怕。郭驰闭上眼，又挥挥手，似乎想把她从眼前驱走。小女孩不听话，不但没有走开，还对着他笑，胖乎乎的圆脸上露出两个小酒窝。有那么一瞬间，小女孩的笑让郭驰感到自己的心像是被什么东西深深地扎了一下，随后，这锥心的痛苦慢慢变钝、变厚，像一层无形的鳞甲，整个儿把他包裹起来。他觉得自己再也无法承受这样的痛苦，拉起阿曼的手，使劲儿摇了几下。

阿曼醒来了。她揉揉眼，打了个哈欠，疑惑地望着他。

到哪儿了？她问。大概还有半个钟头到襄州。那你干吗把我弄醒？郭驰把食指竖到嘴边，又指了指正在翻身的苑杰。我想和你说说话。他的语气听上去很严肃。说话？嗯。有些话在我心里憋了很久，一直没找到合适的机会跟你说。再不说，我就要爆炸了。这么严重？阿曼坐直身子。那你说吧，我听着。

那是一九九三年。八月底，暑假即将结束，学校要开学了。那时正值秋收大忙，我在家里帮父母割稻、挑谷，人晒得像个黑鬼，两只肩膀被谷担磨破了皮，伤口渗血。一天下来，腰又疼又酸，几乎直不起来。每天，我都盼着早点天黑，父母早点收工。晚上一躺上床，就像是飞进天堂，幸福得要流出热泪。那个时候，我满脑子想的都是早点毕业、早点分配工作，早日脱离农村这片苦海。最后几天，我实在坚持不住，就跟父母撒了谎，说要回学校和同学轮流照看试验菇房。也许是看我已经尽了力，父母没有说什么，算是默许了我的请求。

那天一大早，我逃一般地离开了家，在邻县火车站随便坐上了一辆开往襄阳的列车。到襄阳火车站时，比以往早了一个多小时。到丹江的火车还有两个多小时，我不想等这么久，就去隔壁的长途汽车站买了去丹江的汽车票。那时的长途班车，都是红白相间的老式客车。车上没有空调，车窗大开，车子一动，满车厢的热风。我坐在车上，全身是汗。客车出了城，车窗两边是汉江中游平原上秋收时节的庄稼地。农民们在忙着收获，吹进车里的风带着成熟作物的气息。和老家不同，这一带很少种植水稻，扑入我眼帘的基本上都是黄豆、花生和芝麻等旱地作物。看着别人挥汗如雨和自己在地里劳作的感觉，真是截然不同。身上还有些酸疼的我坐在靠窗的位子上，惬意地欣赏着原野上的繁忙景象，庆幸自己终于从繁重的劳动中解脱出来了。同时，心里也隐隐有一种对父母的愧意。

车子经过一座集镇。出了集镇不远，路边有人招手拦车，是一个中年男人。他的身边，还有一个穿着花裙子、背着粉红书包的小女孩。司机停了车，中年男人走上车。小女孩似乎犹豫了一下，也跟着上了车。中年男人在前面的位子上坐下，小女孩往车厢里面走，走到尽头，又折回来，坐在我身边的空位上。小女孩大约七八岁的样子，梳着一对羊角辫，脸圆圆的，露在花裙子外面的小胳膊肉嘟嘟的，看上去就跟画上的小姑娘一样可爱。她的脸上有两道已经干透的泪痕。也许，她不久前被爸爸打过，或者骂过，这会儿还在赌气呢。要不然，也不会不跟他坐到一起。刚开始，女孩坐得端端正正，把书包抱在胸前，出神地盯着前排座椅的靠背。她一定不是农村的孩子。农村孩子的穿着没有这么洋气，也没有这么干净。在我们村里，像她这么大的女孩子，都还在地里捡谷穗，身上脏得像泥猴，没人有像她这样好看的花裙子。我的脑海里转动着这样的念头，继续欣赏车窗外的秋收景象。

哥哥，你会折纸飞机吗？我回过头来，小女孩一只手扯着我的衣角，另一只手拿着一张从作业本上撕下来的白纸，两只亮晶晶的眸子看着我。我意识到，她刚才对我说的是普通话，声音带着奶气，让人听着舒服。这使我一下子感到了自卑。我就读的那所农业学校，都是从农村考上来的穷孩子，班上的同学来自全省各地，基本上都不会说普通话。第一学期开学，大家每人操一口土话，彼此只能明白对方的大概意思，直到两三个月后，才能听懂各自的方言。我鼓起勇气，学着电视剧里人物的腔调说，不会。小女孩咯咯笑起来，笑声像银铃一样清脆。她说，我教你折纸飞机，好不好？我只能点点头。你看着。小女孩把作业本塞进书包，把书包搁上膝盖，两只手开始在白纸上翻动。要先这样，再这样，最后这样折。你看，这个纸飞机漂不漂亮？哥哥，我把它送给你吧。小女孩把纸飞机递到我的面前。我接过来，拿在手上。哥哥，你会不会唱歌？小女孩又问我，脸上的表情天真无邪。上中专后，我跟同学学会了唱歌，《新鸳鸯蝴蝶梦》《小芳》《涛声依旧》《你看你看月亮的脸》都是那时的流行歌曲。但我担心小女孩让我在车上唱给她听，这么多人，怎么唱得出口？就直摇头。小女孩再次咯咯笑起来。她说，哥哥，你怎么什么都不会啊？我悄悄扭头环顾，窘得满脸通红。她又说，我会唱很多很多歌，我给你唱一首《小螺号》，怎么样？还没等我点头，小女孩就张开嘴唱了起来：小螺号，嘀嘀吹，海鸥听了展翅飞……

她的歌声依然奶声奶气，嗓子又响又亮。车上的乘客朝这边看过来，我感到浑身不自在。我瞧了一眼带小女孩上车的那个中年男人。他也望向我们，但却一脸漠然。我觉得奇怪：他对女儿，简直像是个陌生人。

天底下哪有这样做爸爸的？听到这里，阿曼忍不住插了一句嘴。郭驰的脸红了，像是阿曼的这句话针对他一样。怀里的苑杰动了一下，阿曼下意识地捂住嘴，脸带歉意地笑着，两只胳膊温柔地搂住儿子的身体。看到苑杰又发出均匀的鼻息，郭驰接着讲了起来。

和我起初的印象完全不同，这孩子不光活泼，还古灵精怪。唱完《小螺号》，接着唱《歌声与微笑》，又唱《让我们荡起双桨》，嘴巴忙个不停。唱过了歌，又从书包里掏出铅笔和作业本，让我坐着别动，她要给我画像。我只得听命给她当起了模特。她画得挺认真，画几笔，就抬起头来看我一眼，似乎是想把我一丝不差地搬上画纸。好不容易画完，她又歪着脑袋想了一阵，在我的下巴颏儿上添了几笔，我瞄过去，原来是给我画上了胡须。你是个长胡子的丑哥哥！你是个长胡子的丑哥哥！女孩把她刚完成的美术作品在我面前高高举起，笑声又在车厢里飘荡。为了让更多人能看见这幅杰作，她还把画纸举向不同的方向。这让我更尴尬了。我装出不理她的样子，把脸扭向车窗。小女孩放下画纸，拽住我的胳膊，说，哥哥哥哥，你跟我说说话，别生气嘛。你笑一笑，我就把胡子擦掉，好不好？

这孩子真可爱。阿曼又插了一句。她温柔地说，我们要不要再生一个孩子，一个像这样的女孩？阿曼的眼里流光溢彩。你还是先听我讲完吧。郭驰说。他的声音低沉，还有些嘶哑，似乎在刻意压抑着某种情绪。阿曼听出了他的异样。她朝他看了一眼，发现郭驰闭上了眼睛。过了几秒钟，他又开口了。

我笑了一下。女孩拿起笔，我以为她是要处理我下巴上的胡子，便把眼看向窗外。路边，一辆拖拉机翻倒在田沟里，车上装着的麻袋散落一地，司机蹲在路边抽烟，一脸愁苦无奈的表情。客车从拖拉机边开过，我把目光移向女孩，不过眨眼的工夫，她又为我画出了更多的胡须，我的下巴变成了一片黑森林。她得意地看着我，眼睛闪闪发光，说，哥哥，谁叫你刚才不理我的？你做了错事，这是对你的惩罚！我拿她没有办法，看了一眼坐在前面的中年男人，憋着普通话的腔调小声说，再不听话，我就喊你爸爸，让他把你拉过去。小女孩扭头朝车厢里看了看，说，爸爸？我爸爸不在车上啊。

啊？阿曼张大了嘴，眼里射出无数个问号，它们像刀子一样飞向郭驰。郭驰睁开眼，像是下定某种决心一样看着阿曼。阿曼意识到了什么，脸色变得凝重。她把一只胳膊肘撑到小桌板上，以手托腮，望着他，等着他。

小女孩的话，让我打了一个激灵。我悄悄指着那个中年男人问她，那不是你爸爸？不是，他不是我爸爸。我爸爸在上班呢。那你为什么跟他一起上车？我没有跟他一起上车啊。他先上车，我后上的。那你为什么要一个人坐车？我有些着急，忘了憋普通话，一句方言脱口而出。女孩没听懂，瞪着眼睛看我。我压低声音，又问了她一次。妈妈说我不该从家里拿钱去买图画书。她说我做了错事，要受到惩罚。她打了我的手，还骂我。女孩又在书包里掏，掏出一本画册。哥哥你看，这么好看的画册，妈妈就是不让我买。哼，妈妈做了错事，也要受到惩罚。我要离家出走，画册里就有一个离家出走的故事，你看，就是这一页。过了一会儿，妈妈上街去了，让我在家里写作业。我才不要乖乖听她的话呢。妈妈刚走，我也背着书包出了门，顺着公路溜达。看到路边停着一辆车，我就跟着上来了。我要走得远远的，让妈妈找不到我，让她伤心，难受，谁叫她打我骂我的。等我不生气了，再回来……我意识到了问题的严重性，仿佛看到小女孩的妈妈正在到处找她，喊着她的名字，泪流满面，声嘶力竭……我看向窗外，公路两旁仍然是一望无际的庄稼地。不知道车子开到了哪里，反正离小女孩上车的地方已经过了很远。

小女孩说着说着就犯起困来，身子一歪，倒在我身体的一侧睡着了。车子颠簸得厉害，我怕她栽倒，就用一只胳膊箍住她，脑子里翻江倒海。我想过去跟司机说清楚情况，让他开车把女孩送回去。但我已经忘了女孩是在哪儿上的车，况且，车上还有其他乘客，他们会答应吗？最主要的是，我没有勇气去和司机交涉，担心我在他面前憋不出普通话，担心他听不懂我的方言，担心他不理会，担心他把我当神经病。或者，我立刻带着小女孩下车，再坐车送她回去？我不知道能不能搭上别的车，而且，这样一来，今天我就肯定到不了丹江，要在哪儿过夜呢？上中专之前，我到过最远的地方是县城，根本没有在学校和家之外过夜的经验。在这人生地不熟的地方，要是小女孩的家人把我当坏人怎么办？要是自己遇到坏人该怎么办？我实在没有这样的胆量……小女孩睡得很沉很香，她一定是梦到了什么高兴的事，脸上绽开笑容，就差咯咯咯笑出声来。我愁肠百结、心情沉重，又无以排解，竟然也睡着了。

后来呢？

后来，长途汽车到达丹江车站时，已经快晚上七点钟。车子刚进丹江地界我就醒了，小女孩还在睡。睁开眼看到她，我就像看到一面镜子，镜子里映出了我的怯懦、无能和自私，让我丑态尽显。我寄希望于到达目的后，车站的

　　　　　　　　　　　　　　　纪念日

工作人员能接管她，把她送回家里，或者做出其他妥当的安排。小女孩一直到车子进站后才醒来。她揉着眼睛，牵着我的衣角，迷迷糊糊地跟着我下了车。天快黑了。学校在丹江右岸，我得尽快赶到江边，乘最后一班轮渡过江，要不然，今晚就到不了学校了。我把她拉到一边，告诉她我赶时间，马上就要走。小女孩一脸的紧张与茫然，她带着哭腔说，我想妈妈了，我要妈妈！我指着不远处穿着制服的司机对她说，你去找那个叔叔，让他带你去找妈妈。他是司机，明天还要开车回去，到时就能带上你了。快去。我不敢再看她，站起身来，提着行李，逃跑一般匆匆走开。我听到她在身后哇的一声哭了出来。哥哥，哥哥，我要妈妈！我要妈妈！我回过头去，看到几个人围到小女孩身边，她的哭声越来越大，越来越响……

阿曼眼里闪烁着泪光。郭驰低下头，用手揪着自己的头发，一下一下地扯。阿曼身体前倾，一手搂着苑杰，一手抓着郭驰的胳膊。前段时间，我看到一段视频，一个小男孩被乞讨集团拐走，还被打断腿，放在大街上，向人讨钱。讨来的钱，供团伙的头目挥霍。那个小女孩，会不会也被人拐走了，卖到大山里，或者成为乞讨工具……也不知道她的妈妈有多伤心，她会不会急得发疯，甚至轻生……郭驰的声音哽咽起来。别多想。我觉得，她很可能被那个司机，或者其他好心人送回了家。襄阳到丹江，不算很远吧？要把她送回去，也不是太难。阿曼的声音像水一样漫进郭驰的耳朵。她一下一下轻轻拍着郭驰的手背，像是在抚慰一个找不到家的孩子。这一个多月，我晚上一直睡不好，眼前都是那个孩子。这么多年，我以为自己会忘掉这件事，谁知道还是忘不了……这件事一定要解决。要不然，这辈子我都不能饶恕自己。郭驰抬起头来，眼角潮湿，眼里射出光芒，那光里混合着痛苦、悔恨、希冀等诸多复杂的情愫。阿曼仍然拍着他的手背，用鼓励的眼神看着他，示意他继续往下说。

这次，我带你和苑杰一起回丹江，其实是想让你帮我一起寻找当年的那个小女孩，也让苑杰受一次教育。我已经和镇长同学说好，到时候，请他找派出所和居委会帮忙，看看能不能查到相关记录。如果确定她被送回去了，我就可以把这一页翻过去。如果被人收养，也要想办法找到她。阿曼点点头，满含柔情地看着他说，其实你不用瞒着我的，我能理解。我也是农村长大的，像你那个年纪的孩子，遇到这种事，真的很难知道怎么做。把它说出来，是对的。说出来了，它才不会压垮你。这是晓琳教给我的心理学常识。很高兴能和你一起去丹江，这比一次普通的怀旧之旅有意义得多。至于苑杰，我相信，他一定能从这一次的经历中学到很多东西。

襄州站就要到了，襄州站就要到了，请到襄州站的旅客做好下车准备。车厢广播响起了温馨提示。襄州站就是以前的襄阳东站。郭驰看过列车时刻表，知道这趟车会在这里停留七分钟。七分钟，抽一支烟的时间足够了。他已经几个小时没有抽烟。要是在以往，这么长时间不抽烟，他会憋得受不了。但现在，沉浸在往事里的他，这样的感觉并不强烈。

火车停在了襄州站。他走出车厢，掏出烟，点着，深吸了一口。襄阳，当年还叫襄樊，襄州也是后来才改的地名。这么多年，人变了，很多事情也变了，有的面目全非，有的无迹可寻。郭驰的心里又漫上来一阵疼痛。他不知道，这次的丹江之行会不会有结果，他会不会有机会饶恕自己。一根烟抽完，他又点着了一根。第二根烟抽到一半，他看到车厢里的阿曼隔着窗玻璃在向他招手。他走近车窗，阿曼左手拿着电话，对他说着什么，郭驰没听清楚，只得含混地点了点头。他又回到站台中间，背靠着一根柱子，边抽烟，边想心事。对面的车道上也开来一列火车，一些乘客从车上下来，站台上变得熙熙攘攘。列车员提着喇叭，在他背后喊：K238 车的旅客朋友请上车，火车就要开车了。郭驰灭了烟，把烟头丢进垃圾桶，转身紧走几步，走上了列车。刚走过车厢连接处，列车就缓缓启动了。

阿曼在打电话。郭驰没有看到苑杰，他指着阿曼身旁的座位，问她，苑杰呢？阿曼把手机从耳边拿开，说，不是和你在一起吗？我在给晓琳打电话，苑杰嚷着要下车看一看，我就让他去找你了。刚才不是跟你说过吗？郭驰听到自己脑海深处轰的一声，像是发生了一场大爆炸。他想说什么，但是嗓子已经发不出声音。

华莱士城堡

1

还有十五根薯条。马东数了好几遍，这个数字不会错。七长、六短，还有两根又短又细，炸得有点儿煳，照马东看来，它俩加起来最多只能算半根。可乐杯底有八块冰块，不知道是气温还是马东紧盯不放的目光，让它们渐渐融化，变得越来越单薄。店员在服务台里看手机，看着看着眼皮就合上了，脑袋猛然往下一沉，像母鸡在啄一条早就盯上了的虫子。马东无声地笑了一下。店员受到惊吓似的抬起头，看一眼马东，拍拍自己的额头，又把目光转移到手机上。

午后两点的华莱士店堂里，除了马东和店员，没有第三人。百无聊赖的马东拿起放在一边的手机，发现还是没人更新朋友圈。以往，他总觉得朋友圈乱糟糟的，除了重点关注的几个好友，对其他人发布的动态，他只是浮光掠影地瞄一眼。而在此前的两个多小时里，他已经逐条阅读了今天朋友圈的所有内容，包括投票链接、微商软文。他还给两个好友投了票，浏览了系统推送的广告。他觉得，朋友圈的广告有时候也蛮有创意。他怀疑自己是不是被人屏蔽了朋友圈，或者干脆被一些好友悄悄删除了，要不然，怎么会这样冷清？以前不时有人给他发来清理微信僵尸好友的链接，他觉得无聊透顶，对此嗤之以鼻，有时还会直接把对方拉黑。这会儿，他倒想试一试了。

马东打算消灭掉一根薯条。他把薯条蘸上甜酱，正准备送进嘴里，店堂的玻璃门被推开了。走进来四个人，一男一女两个大人，还有两个男孩，一个八九岁，另一个四五岁。他们带进来一股热风，马东感觉到了空气的流动，神经产生一阵小小的亢奋。店员也从瞌睡中清醒。这应该是一家四口，男人去服务台点餐，女人在马东旁边那张桌子坐下，两个孩子跟着男人，叽叽喳喳的，嚷着要点这样、吃那样。男人呵斥了几句，但效果不佳，小孩子仍在吵。男人到底没忍住，在小孩子的头上轻轻凿了一个栗暴。孩子捂着脑袋，眼睛看着餐牌上的冰淇淋，咿咿呀呀哭起来。

"你除了打孩子，还有什么别的本事？"

女人开口了，脸上带着讥诮的笑容。马东发现，从进门的那一刻起，女人的脸色就不是很好。男人没有理她，继续点餐。两个孩子走到女人身边，女人的胳膊揽住小孩子，摸摸他的头。"等一会儿，妈妈给你买。"女人说。小孩子的哭声降了下来。

女人长得不差，但马东对她没有好感。这样说话，特别是对一个男人，太伤人了。要是阿曼这样跟他说话，他也许会暴怒，冲她大吼，因为情绪过于激动，连说话都可能会磕巴。他或许还会拍桌子，拿起手边的什么东西就往地上摔。阿曼意识到自己捅了马蜂窝，站在一边听他吼叫，身体有些发抖。不对，这样的情形不可能发生，因为阿曼根本不会这么说。相反，说这种话的倒可能是他。但是，世上有什么事情是绝对的呢？阿曼以前不会这么说，不代表她永远不会这么说。要是她知道他这些天里的事情，还会有那样的好脾气吗？

马东吃掉第十四根薯条时，男人已经点完餐，坐到女人对面。女人胳膊肘支在桌面上，以手托腮，目光越过男人的头颅，出神地看向对面的墙壁。男人用纸巾擦拭额头的汗水，大孩子在玩手机，手机开着外放，传出打打杀杀的声音。小孩子眼巴巴地，看几眼女人，又看几眼店员头顶上那块印有冰淇淋图案的餐牌。

"吃过饭，我们再去别的地方看看。这里太贵了。"男人说。

"哪里还有更便宜的？嫌贵，你这辈子就住农民房好了，农民房不贵。孩子们也不用在深圳上学了，都送回老家。等他们长大了，再来深圳打工，像我们这样，当深漂，住农民房。"

马东大概知道怎么回事了。在深圳，房子是天大的事。

"实在不行，就去东莞、惠州买。哪里的房子不能住人。"

"那还是回你老家买吧，那里的房子比东莞和惠州还便宜。孩子们在老家上学，正好有地方住。"

男人被抢白得脸上一阵红。"妈妈，我们真要回老家吗？"大孩子的目光从手机上移开，看着女人。手机游戏声还在响着。

"别问我。问他。"女人不看男人。

大孩子又把目光转向男人。"你多大了？只知道玩手机，一点儿也不操心学习！"男人劈手夺过手机，在屏幕上点几下，游戏声消失了。大孩子的嘴巴张了几下又合上，不知道是想哭，还是要说点儿什么。但最后既没有哭出来，也没有说话。女人的脸上又浮上讥讽的表情。

买房这种事，说起来都是泪。从外地来深圳的人，特别是有些年头的，有几个人不后悔没有早几年入市的？有的没想到能长期在深圳发展，有的想着再等等，等到收入高些了，买房就能轻松点儿。谁知道呢，等着等着，收入没增加多少，房价倒像是坐上了火箭，扶摇直上。马东想起了一个段子：当年的你，我爱理不理；现在的你，我高攀不起。说的不就是房子吗？他拈起第十三根薯条，用眼睛的余光看向男人。男人的手指在手机屏幕上滑动，马东猜他是在逛安居客或者搜房网之类的APP。他觉得自己能理解男人，甚至可以说，有些同情他。

2

服务员给邻桌送来了餐品。四个汉堡，两对烤翅，两杯可乐。两个孩子抢着拿烤翅，碰翻了一杯可乐，黑褐色的液体在餐桌上流淌。女人触电似的跳起来，抖动被可乐打湿的裙子，气恼地在小孩子背上拍了一掌。小孩子又咿咿呀呀地哭起来，大孩子在一边呵呵地笑。看上去，小孩子对大孩子的幸灾乐祸很不满。他忽然抓起大孩子的胳膊，咬了一口。大孩子"哇"地尖叫一声，站起来，搜着小孩子往地上搡。男人拉住了大孩子，女人抱着小孩子，两个孩子都在哭。

"裙子过会儿就干了，你打他干吗？"

"只准你打孩子，我就不能打了？"

男人和女人吵了起来，声音越来越大。马东放下吃到一半的第十二根薯条，看向收银台。服务员也往这边瞄过来，目光和马东的眼神在空中交汇，然后转向那一家四口，但只匆匆一瞥，便收了回去。马东有些失望。他以为服务员会做点什么，比如过来安抚一下孩子，或者劝解一下大人。一对情侣模样的年轻人走到玻璃门边，往里面张望了几眼，女孩拉了一下男孩的胳膊，走了。马东有些不自在。他觉得自己像一个孤独的看客，正在欣赏舞台上四个演员的表演。他又抬眼望了一眼门外，盛夏午后的太阳白花花地照在门前马路和对面楼房的窗玻璃上，蒸腾起袅袅的热气，反射出耀眼的光芒。此刻正是一天中最热的时候，马东无处可去。他站起身来，走进厕所。厕所里没有空调，刚小解完，他的额头就开始冒汗。

马东从厕所出来时，男人和女人吵架的姿势从坐姿切换成了站姿，像一对脸红脖子粗的斗鸡。两个孩子忘了哭，张着嘴、瞪着眼，看着大人的嘴巴一张一合。小孩子的嘴里，还包着一口汉堡。马东听出来，这场夫妻大战的焦点，已经从孩子转移到了房子。

"你就说吧，到底买还是不买？不买的话，咱们就离婚，孩子归我。这鸡飞狗跳的日子，我算是过够了。孩子们跟着你这样的爹，只有喝西北风的份儿。"

"离就离，谁稀罕跟你过了？跟我离了，早点去找你的相好，让他给你买别墅，住豪宅。但孩子你别想要。"

男人的唾沫溅到了女人脸上。女人伸手从餐盘里抓起一张纸巾，擦了一把脸，把纸巾丢了，又往地上啐了一口，冷冷地说：

"真是贼喊捉贼。你和那个女人的事，以为我不知道？我早晚要把你那些破事捅出来，让你红得发紫！"

马东脸红了——三年前，阿曼也对他说过类似的话。那天，儿子去他姑姑家了，马东给在老家的父母打电话，老妈想和儿媳妇聊两句，马东把手机拿给阿曼，去了厕所。从厕所出来，他看到阿曼在翻他的手机，血立刻往脑门上冲。他一把夺过手机，正准备吼她几句，却发现阿曼定定地看着他，眼里闪烁着泪光，脸色白得像纸——就在几分钟之前，她还和婆婆聊得火热。马东心里咯噔一下。他知道，自己担心的事情终于发生了。怎么没想到阿曼会看自己的手机呢？真是个猪脑子。他无比懊恼，努力装作若无其事的样子，走进书房，打开电脑。阿曼跟着走进了书房，在他背后说，马东，你们的微信对话，我都看到了。说说吧，你们是从什么时候开始的？以后打算怎么办？阿曼的声音嘶哑、无力，却带着一股彻骨的寒意，让马东觉得后脑勺阵阵发凉。他打开手机微信，页面上最近的联系人是阿曼——她已经发了一些聊天截图到自己的微信上。他的脑细胞飞速运转，还是没想到该如何应付眼下的局面。马东沉默着。阿曼在他身后坐下，开始嘤嘤哭泣，声音低沉、哀伤。在阿曼的哭泣声中，马东逐渐镇定下来。他决定先装聋作哑，等阿曼情绪稳定了，再想办法跟她解释，化解这次危机——他觉得，这只是一次不大不小的意外。自己不过是大意了，也许，事情还没有糟糕到无法收拾的地步。

　　不知道阿曼哭了多长时间。天黑了下来，书房里光线昏暗。马东仍然坐在电脑前，他不清楚阿曼还要哭多久。他调整了一下坐姿，就在这个时候，阿曼站起来，打开灯，走到马东身边。马东，你看着我的眼睛，把事情说清楚，给我做个保证，以后再不和那个女人来往，我就原谅你。马东仍然低着头。阿曼说，你不说是不是？那好，我把你和那个女人的聊天截图发给你爸妈和你弟妹，让他们看看你在外面干的好事。阿曼的声音凄哀决绝，马东心中一凛，抬起头来。他看到阿曼眼睛红肿，表情狰狞可怖，像一位来自山野的女鬼——他从来没有见过这个样子的阿曼。马东的心底涌起一阵慌乱，还有一种在劫难逃般的恐惧。在阿曼的逼视下，他不得不开口了。在阿曼哭泣的时候，他已经编好了故事，但一讲起来，依然支离破碎。阿曼并没有因马东的让步而放过他。等马东讲完，她要他写一份保证书，发誓以后和那个叫张敏的女人一刀两断，否则，她会让这件事闹得人尽皆知。但这突破了马东的心理底线。他担心，写下保证书，就意味着一切都是既成事实，他会永远无法在阿曼面前抬起头来；而比这更重要的是，他不想这么快就失去自己在这人间的念想，不想失去那个让他一见钟情、念念难忘，总是能在他需要的时候给他慰藉的女人。

马东还是第一次在阿曼面前如此狼狈。他不甘心就这么束手就擒。那些聊天记录，除了能够证明自己和一位异性有些暧昧，还能说明什么呢？他想破釜沉舟，看看阿曼到底会怎么做，于是继续保持沉默。阿曼问，你写不写？马东摇摇头。阿曼又连着问了三遍，马东仍然只是摇头。最后一遍问马东时，阿曼已经近乎歇斯底里。马东仍然一言不发。阿曼忽然冲出书房，回来时，手上拿着一把菜刀。马东下意识地从椅子上跳起来，不知道她这是要干什么。阿曼站到五斗柜边，把左手放到柜子的上沿，右手举刀，厉声说，马东，你不写保证书，我也不能拿你怎么样，但我能剁掉自己的手指。我最后问你一遍，你写不写？阿曼盯着自己的手指，不看马东。她披散着头发，尖声笑了起来，眼里像是燃烧着两团火光，有些疯狂，还有些骇人。马东不觉毛骨悚然，他想起小时候从外乡流浪到他们村的那个女疯子，也是这样披头散发，莫名大笑，面目骇人。阿曼说，我数到三，你要是不写，就等着送我去医院吧。一，二……马东声音颤抖着说，我写，你别这样！

3

马东沉浸在自己的思绪里。不知道什么时候，男人竟然伏在桌上哭了起来，像是一个受了委屈的孩子。两个孩子惊恐地看着他们的爸爸，又不时偷看一眼妈妈。女人有些慌乱，有些不知所措——她似乎没有料到，男人会做出这样的举动。女人眼睛红红的，打开身边的挎包，掏出几张纸巾，朝男人递过去，手伸到餐桌中间，又缩了回来。她扭头环顾店堂，沮丧地低下头。过了片刻，女人把两个孩子拉到身边，一手搂住一个，眼泪忽然涌了出来。孩子们也跟着哭了起来。男人哭得无声无息，马东只看到他的两只肩膀在微微耸动。女人把头靠在大孩子肩上，抽抽搭搭的，脸颊成了一块湿地。两个孩子刚开始还有些拘束，后来，只要其中一个哭声大一点，另一个就把声音弄得更大，像是在比赛着渲染某种气氛。马东受到了感染，喉头有些发堵，鼻腔也有

纪念日

些发痒。他觉得自己正驾驶着一辆即将失控的汽车，无论怎么努力，都难以让它驶回正道。收银台里的服务员再次朝这一家四口看过来，他皱着眉头，脸上满是狐疑之色。很快，他的视线转向了马东。因为马东也哭起来了，他的哭声甚至盖过了两个孩子，像一场酝酿已久、突如其来的山洪。

男人、女人、两个孩子，都停止了哭泣。有那么一段时间，店堂里只有马东的哭声，其他所有的声音好像都在为他让路。马东两只胳膊支在餐桌上，以手托脸，哭得稀里哗啦、酣畅淋漓。他用手在脸上胡乱抹了一把，眼泪、鼻涕被搅和到一起，糊在脸上、黏在手上，他也不管不顾。邻桌的男人满脸讶异地盯着马东。两个孩子不明白发生了什么事情，互相对视了一眼，又呆呆地望着马东，像看一头怪物。女人再次伸出胳膊，把纸巾递给男人。男人接过纸巾，擦擦眼睛，踌躇了几秒钟，终于站起来，走到马东身边。他拍了一下马东的肩膀，在对面的椅子上坐下。男人没有说话，像是在等待马东把眼泪哭干。

"大哥，你这是怎么啦？坚强点，没有什么迈不过去的坎。再难的事情，总有解决的办法。"马东的哭声渐渐小下来。男人把自己手上没用完的纸巾塞给了马东。

"没什么……"马东接过纸巾，擦着眼泪和鼻涕，脸上有些难为情。

"人人都有一本难念的经，你心里一定有事。说说吧，大家都是男人，男人何苦瞒着男人？你看，我们刚才就没拿你当外人，是不？你要是对我藏着掖着，就有些不够意思了。"男人一副推心置腹的样子，和刚才比起来，简直判若两人。马东看了一眼收银台。服务员朝这边扫了一眼，目光又落到了手机上。

"我在……找工作。"马东说，他的嗓音有些嘶哑。说完这几个字，他停顿了一下，像是在酝酿某种情绪。接着，他又清了一下喉咙，仿佛下定决心似的说："我在一家工厂上班，是厂报主编。今年，你知道的，经济形势不好，工厂的效益也不如往年。二十天前，主管把我叫到他的办公室，开门见山地说，厂里业务下滑，各部门都在裁员。副总指示厂报停办，编辑部人员全部精简。公司给了我们一个月的过渡期，让我们利用这段时间去找工作，工资正常发。一个月以后，不管有没有找到新工作，一律解除劳动合同。对了兄弟，你今年多大？"

"四十。怎么啦？"

"我四十五。四十五，该死的四十五。这个年纪重新找工作意味着什么，你应该知道。而且，除了写文章，别的事情我都不会。离开主管办公室，我像是被人抽了筋一样。我从来没有想过会有这一天。我们工厂有几万人，报纸的读者都是基层员工，说来你也许不信，现在新媒体这么发达，厂报仍然很受一部分员工的欢迎。副总一句话，就把厂报判了死刑，还是立即执行的那种。编辑部的同事们跟我一样，感觉这一天来得太突然，都很难接受这样的局面。可是，又有什么办法呢？总不能在这里赖着不走吧。我想着，能不能再找一份内刊编辑之类的差事干一干。我请朋友们帮我留意有没有合适的岗位，自己也在网上搜索信息，往一些招聘网站投简历。你猜怎么着？"

"怎么着？是不是没人给你打电话？"看上去，男人已经被马东的话题吸引了，买房的事似乎被他忘在了脑后。女人从收银台回来，手里拿着两支冰淇淋，一支给了大孩子，一支给了小孩子。两个孩子一边歪着头舔冰淇淋，一边饶有兴致地看着他们的爸爸和那个怪人说话。

"也不是。刚好相反，我天天都能接到电话。他们问我愿不愿意去卖保险，做销售，送货。还有些公司建议我去做代驾、当保安，说这些岗位年龄大一些经验更丰富，更让人放心。可是我连开车都不会，怎么做代驾？至于当保安，那还是算了，我不能上夜班，一熬夜，身体就会出问题。整整二十天，我都没有找到一份合适的工作，连一次面试都没捞着。离最后期限只剩下十天，工作要是还没着落，我就得卷铺盖走人了。我急得就像家里着了火。我老婆在一家小公司上班，做行政工作，每个月工资不到五千块。孩子上私立学校，每学期学费一万多。你说，我要是失业了，是不是跟家里着了火差不多？"

男人若有所思地点点头。他张了张嘴巴，似乎想说什么，但没有说出来。马东感受到了他的犹豫，他看着男人，眼神里满是鼓励。男人侧过身子，朝女人看了一眼，小声地问："你老婆……怎么看这事？"

"问得好。这就是为什么我现在会坐在这里，跟你讲这些。"马东说。他的神情有些忧郁，目光也有些涣散，仿佛已经深陷于往事。

4

店堂里很安静。收银台里没有人，服务员不知道去了哪里。两个孩子，一边一个，靠在女人身上打盹。女人看上去也昏昏欲睡。只有男人精神十足，他望着马东，似乎在期待他继续说下去。

"你们刚刚看过房子，打算买房，是吧？"不等男人回答，马东接着说，"我不知道你们刚才是在哪个小区看的房。要我说，趁你现在有一份稳定的工作，出得起首付的话，还是咬咬牙把房子买了。深圳这种地方，想等收入提高了再来买房子，太不现实了。就像我，当时要不是买了房子，如果失业了，我都不知道日子要怎么往下过。"

"我们看的是四季春城。"

"我猜也是。我就住在四季春城。这一带只有两个小区，四季春城的房价更低。说起来，我能买房子，还得感谢我老婆。五年前，她看中了我们现在住的这套房子，但我嫌小区太旧，太破，不想买。当然，更主要的原因还是和你一样，手上钱不多，不想背上房贷这座大山。以前，老婆对我百依百顺。但为了买房子，她跟我吵过好几架。我不肯签合同，她好几天都没上班，待在家里，什么也不做，不吃也不喝，不洗澡、不睡觉，把我吓到了。我怕她想不开，做出什么傻事，只得把签合同的事先答应下来。因为耽误了几天，业主要加价十万，说他的房子不愁卖，我们不买，别人会买。老婆急得嘴角起燎泡，又请了几天假，天天往业主家跑，跟业主两口子软磨硬泡，哭穷、卖惨，只差磕头下跪，业主心一软，最终答应只提价两万。合同一签，老婆又活了过来。为了多交点首付款、帮我减轻房贷压力，她厚着脸皮到处借钱，把她半辈子积攒下来的人缘都透支了。过完户的第二个月，深圳出台房地产新政，房价大涨，我们这套房子也涨了一倍多。一想起这事，我还有些后怕。如果那时候没买，我们就永远也买不起深圳的房子。有时候，我们要相信女人的直觉。"马东扭头看了一眼女人，她不时睁开眼睛朝这边扫一眼，似乎随时在关注他们的动静。马东不知道她刚才究竟有没有睡着。

"可是，这和你坐在这里，有什么关系？"男人好像不太愿意继续这个话题。

"有关系的，你听我说完。我老婆很在乎我，她把我当成家里的顶梁柱，包揽下所有的家务，辅导孩子学习，让我当甩手掌柜。儿子沉迷手机，以前玩游戏上瘾，现在对网络视频着了魔。为了让儿子戒掉网瘾，老婆想了很多办法，但效果一直不大好，这段时间，她愁得觉都睡不着，头发一把把地掉……对孩子，她真的做到了毫无保留。这么说吧，也许她不是一个好妻子，但绝对是一个好母亲。以前，我认为她不思进取、不注意形象，但认真想想，她平时要上班，下班后，几乎所有时间都花在家务和孩子上了，哪里有空学习？哪里还有闲心打扮自己？在我找工作的这二十天里，我更加强烈地意识到这一点。每天回到家，她不是手上提着几袋菜，就是肩上扛着一包米，做饭、洗碗、拖地、检查儿子的作业，忙得脚不沾地。我心里十分不安，觉得自己以前太过分，对不起她……我想帮她做些家务，却不能帮。如果我这样做了，她一定会觉得我举动反常，继而会起疑心，搞不好，我这段时间没班可上的事就会被她发现。现在想想，五年之前，要不是她拼了命也要坚持买下这套房子，我不光没有工作，连栖身的地方可能都找不到……"

"你是说，这二十天里，你都在对她撒谎？"

"是的。学校放暑假了，儿子在家里。每天，我跟以前一样，早上 7 点出门，晚上 7 点到家。老婆根本不知道我在外面干什么。天气太热，大部分时候，我都待在华莱士，在这里吹免费空调，打发时间，思考以后应该怎么办。我知道，不管我怎么对老婆，她一直把我当成主心骨，在她心里，无论如何，我都不会跟失业扯上关系。我害怕老婆知道真相，要是让她知道我在找工作，我不敢想象她会怎么做……"马东的声音慢下来，轻下来，似乎刚刚了却一桩心事，又添了新的烦恼。

男人沉默了。几十秒后，他站起身来，说："大哥，我想我能理解你的处境，抱歉的是，我帮不了你……不过，房子的事，谢谢你的提醒。那套房子，我会好好考虑考虑。我想回四季春城一趟，再跟业主谈一谈……"

男人和女人背起包，叫醒两个孩子，带他们走出了华莱士的玻璃门。出门前，女人还回过头来，对马东挥了一下手。但马东并没有注意到这个细节。他正盯着第十一根薯条，盘算着要花多长时间把它吃完。

5

第二十八天，马东接到主管通知：厂报停刊后，员工反映强烈，总经理指示厂报即日复刊，编辑部人员全体返厂上班——事后马东才知道，所谓"员工反映强烈"只是托词，厂报复刊其实是公司大客户的要求。不管如何，马东的生活又回到了从前的轨道。

那段找工作的经历，对马东来说已成往事。这段往事，像一枚坚硬的钉子，揳进了马东的记忆。现在，他很想知道，如果阿曼知道自己曾经差一点失业，她会怎么看？他很想和她就这个话题好好讨论一次。另外，他还想亲口告诉阿曼，自己对她撒过谎，做过一些不该做的事情，他要请她原谅，以后不会再犯错。和那次写保证书不同，这次他要说的，都是肺腑之言。

马东一直在寻找机会。这个周日，阿曼难得地早早做完了家务、检查过儿子的作业，坐到沙发上看电视。电视里是一档求职类真人秀节目，让马东很有感慨。他觉得气氛到了，轻轻叫了一声："阿曼。"阿曼应了一声："嗯？"马东说："你觉得这节目怎样？"阿曼点点头。马东说："假如有一天我失业了，也要去找工作，你会怎么做？"他把眼神从电视机移到阿曼脸上。

阿曼笑了一下。在马东眼里，阿曼的笑容有些神秘，有些反常，里面似乎有一种洞悉了某种秘密的意味。"我还从来没想过你会失业。"阿曼说。马东觉得阿曼的眼神有些异样，他的心咚咚跳起来，全身的血直往脸上涌。

"不过，你要是真失业了，也没什么大不了。咱们一起想办法，日子总能过下去。"

马东不敢再看阿曼。他把目光移回电视机，说："我希望，这辈子都不会有那一天。"

纪念日

1

赵剑南百无聊赖。他打开电视，荧屏上充斥着一档档不知所云的真人秀节目。他把所有的频道都换了个遍，又关上电视，颓然地倒在床上。

室友刚刚离开。在那之前，他接到一个电话，赵剑南听出电话那头是一个女人。室友朝赵剑南眨眨眼，又神秘地笑了笑，低声和对方讲了几句什么。挂了电话，他背上包，对赵剑南说："哥们儿，我得去见一个朋友。"室友脸上的表情，既像是歉疚，又像是得意。他的一只脚已经迈出房间，又回过头说："哥们儿，我晚上不回来，你不用等我了。"

赵剑南当然能猜到室友要去见什么朋友。参加这次活动的文友，纯粹为领奖而来的，恐怕没有几个。就连他自己，临出发前，不也曾有过浪漫之想吗？

只是，赵剑南没有料到，雨落拒绝了他。前两天，他告诉她自己最近要去周庄领一个小说奖。雨落似乎对他获奖并不感到意外，她用淡淡的语气祝贺了他，接着又说单位最近事情多，不方便请假——她像是知道赵剑南接下来会说什么。赵剑南有些尴尬。他犹豫了几秒钟才回信息：没事，我只是想和你分享喜悦。

雨落一直在苏州。十三年前，赵剑南和她在一个文学论坛上相遇。两人为彼此的才情吸引，渐渐走近。那时的雨落，是多么地不管不顾！只要赵剑南一句话，不管是扬州、杭州，还是深圳，她都会赶过去和他相会。甚至，在得知赵剑南并非单身后，仍然狂热地等着他，等他离了婚娶她。当然，后来他没能离成婚，她也嫁了人，两人中断了联系。他们再次接上头，是在三年前。赵剑南已经是一个小有名气的作家，而结婚后又离婚的雨落与文学渐行渐远，成了一位标准的职场女性。他们的生活环境迥异，共同话题越来越少，交流也变得不痛不痒、时有时无。

要不是觉得生活过于沉闷，赵剑南也不会来周庄领奖。这次颁奖虽然动静不小，但时间选在工作日，来领奖要请两天假，奖金也不算高，对赵剑南来说缺乏吸引力。最终，他决定出去透口气——日子过得像一潭死水，他觉得自己快要窒息了。反正，交通和食宿费用，主办方全部承担，就当是一次休假吧。当然，如果这次周庄之行能有一些意外的收获，那是最好不过。赵剑南的朋友并不多，他在脑子里过了一遍，能在那几天赶到周庄和他见上一面的人，还真没有，除了雨落。事实证明，他还是太乐观了。在身处苏州、目前独身的雨落心中，他似乎也没有那么重要。

来周庄时，赵剑南带了一本书。但此时，他并不打算看书。手机里也没什么可看的。他多次来过周庄，水乡风光对他而言并不新鲜。他有些后悔，临行前没有直接对雨落挑明，他想她，渴望和她见面。现在，他很想和她聊一会儿，随便聊什么都行。如果气氛合适，一定要抓住机会，不加掩饰地告诉她：他很想见她，她来周庄，或者他去苏州，都可以。反正两地相距不远，只要雨落答应，他马上就能动身。他坐起身来，找到雨落的微信，给她发去一个喝咖啡的表情，但雨落没有回复。过了几分钟，还是没有。她在忙什么呢？是没有看到信息，还是猜透了自己的动机，不愿接招？赵剑南不免感到失落。半个小时过去了，雨落的微信依然无声无息。赵剑南不想就这样傻傻等下去。他点开视频通话，等待对方接通的提示音响过三声后，他又慌忙挂断了。

周庄啊，周庄。赵剑南忽然觉得人生如此虚无，就像他写的那些小说。不是吗？差不多一年以来，他一直有这样的感觉：自己笔下的那些文字和故事，没有突破、了无新意，差不多是自我重复，他一点儿也不满意。这一年来，没有一篇小说能够在像样的刊物发表，也印证了他的判断。一个人到中年、大器难成的小说家，继续写下去，还有什么希望和意义？

赵剑南把这归咎于犹如一潭死水的生活。对一个写小说的人来说，生活中没有意外、没有波澜，也就意味着没有

·········· 纪念日

催生灵感的源泉。某种程度上，到周庄来领奖，是他对生活的一种反抗。但是，现在看来，他的愿望落空了。明天上午，他将和其他获奖者一起，登上领奖台，从颁奖嘉宾手中接过获奖证书，跟对方说谢谢，和他握手，再对着台下的镜头，挤出僵硬的笑容；下午，按照主办方的计划，参观、交流；后天，借道上海，飞回深圳——所有这一切，活动手册都已经做了安排，或者说是规定。

赵剑南不甘心就这么认输。有哪些标记或符号，能够对生活的走向产生影响，哪怕是并不显著的影响呢？他在脑海中苦苦搜索。一个数字一闪而逝。他努力回想，终于把它找了出来——五月十五日。这是他和妻子结婚二十周年的纪念日。他们都是在尘埃中过日子的人，不怎么在意那些与柴米油盐距离遥远的事物——如果说年轻时他们还有那么一点点浪漫，那么，庸常的生活，早已把它磨灭殆尽。明天，就是五月十五日。很可能，妻子早已经忘记了这个日子。他觉得，这一天，或许将帮助他绕过生活的既定航道，让他看到不一样的风景。

能做点什么文章呢？他的头脑里，跳出了"黄金海岸"这四个字。黄金海岸是一座海滨浴场，也是一处度假胜地，位于惠州的霞涌小镇。几年前，公司组织团建时，他曾去过一次。想到这里，赵剑南不由得心跳加速。他又点开妻子的微信，刚刚打出一个字，突然想起曾经看过的一部港产电影，里面有一对老夫老妻偷情的桥段——为了找到那种怦然心动的感觉，夫妻俩分别扮作网上邂逅的男女，相约到一个陌生的地方去"偷腥"。他删除了那个字，切换到另一个电话号码，打开用那个号码注册的微信。他简直有些迫不及待了。

2

你好，我在玩一个游戏。加了我，我就告诉你。

赵剑南搜索到妻子的微信号，向她发去申请加为好友的信息。这是他的工作专用微信号，除了公司同事，没有添加任何其他好友。他所在的部门有二十多位同事，喜欢看谍战剧的领导别出心裁地为每个人都取了外号，外号里都有一个英文字母，前面再加上一个"老"字。比如，赵剑南是老K——听起来，像是谍战剧里的特工。同事们的微信号，也都统一按"外号＋电话号码"的格式命名，方便紧急联系。

现在是晚上九点。平常这个时候，妻子应该在厨房忙活。女儿高中住校，赵剑南不在家吃晚饭时，妻子会叫一份外卖，或者用零食对付一餐。姿色平平、性格保守的妻子，基本上没有社交。她在一家小公司做财务，以前，生活的重心是孩子和家务，下班回到家，很少有时间看手机。女儿上高中以后，她的时间多起来了，做完家务，就在手机上看看短视频和综艺节目。和发给雨落的信息一样，赵剑南添加好友的请求也迟迟没有得到回复。他猜不出来，妻子这会儿在干什么。但是，就算她看到信息，也未必会理睬——习惯按部就班过日子的她，并没有那么多花花心思。想到这里，赵剑南躁动的心情逐渐平复下来——妻子可能是世界上最不适合玩这种游戏的女人。算了，如果她一直不回应，明天再用那个常用的微信号邀请她去黄金海岸，过一个似乎从来不曾存在的结婚纪念日。

看来，这个晚上要在周庄补觉了。赵剑南蹙着眉头，叹了口气。他打算先去洗澡。刚放下手机，他又拿起来瞄了一眼，屏幕显示收到一条微信消息。是雨落吗？她愿意见我了？他用微微颤抖的手指划开手机屏幕。是妻子通过了他的好友验证。这让他很是意外。

谢谢你。因为生活太无趣，我和朋友打了一个赌，赌注为一千元人民币：随机组合一个电话号码，按照这个号码查找微信号，并申请添加对方为好友。谁能按这个方式先交到一位好友，谁就胜出。是你让我成了赢家。真是缘分啊。

打出这段文字，赵剑南都有些佩服自己的机智——没想到，他写在小说中的情节这会儿派上了用场。他想看看妻子怎么回复，眼睛一眨也不眨地盯着手机屏。

我帮你挣了一千块，那你能不能给我发个红包？你看着给，我不贪心。

赵剑南嘴角上扬，无声地笑了——这很符合妻子的行事风格。妻子在网上买过衣服后，总要找赵剑南给她发红包，说是要他报销。那么，发就发吧，反正不是别人。发多少呢？他踌躇了一番，给她包了 88.88 元。刚刚发送成功，红包就被她抢走了，像是怕他反悔一样。

赵剑南很想问问妻子，今天是在哪儿吃的晚饭。转念又一想，提这样的问题，太不像一个打算偷情的人的做派了。

谢谢你的红包。你比我老公大方多了，他给我发红包，从来不会超过五十块。

赵剑南没想到，妻子会这么快就进入角色。他有些不快，转念一想，决定将计就计。

是吗？这样的男人，你还跟着他？

没办法。上贼船容易，下贼船难啊。看你的网名，是个男人吧？结婚了吗？

赵剑南犹豫着，打出两个字：结了。

有孩子吗？

有。

孩子多大？

十二岁。

结了婚的男人，又有孩子，怎么会这么无聊？我猜你这会儿一定是在外面，和朋友鬼混。

赵剑南的脸开始发热，像是被人揭穿了隐私。他稳住心神，把自己想象成一个油嘴滑舌的情场老手。

唉，一言难尽啊。对了，我猜你是个需要安慰的寂寞女人。要不然，怎么会在这个时候，和一个陌生男人聊得火热？

嘿，你猜对了。老公出差了，女儿在学校，我一个人在家。你别说，还真有些空虚寂寞冷。你要不要来陪陪我？

赵剑南的脸热到了耳根——这次，他像是无意中窥见了不该看到的东西。他没有想到，妻子竟然有这么奔放、前卫的一面。他努力压抑着自己的恼怒，继续和她周旋。

我在广州。

我在深圳。

有点儿……晚吧？

呵呵，才几点呢，这就叫晚？不打算拿点儿诚意出来，就想撩女人？

赵剑南彻底陷入了被动——他没有想到，自己和妻子的角色发生了互换。他舔了舔嘴唇，打出一行字。

今天真不方便。明天晚上，如果你方便，我请你去惠州的黄金海岸度假。所有的费用，我买单。

说话算话？

一言为定。

赵剑南长吁了一口气。事情虽然没有按照他的预想发展，但也算殊途同归。不过，最后的那个结果来得太快了，太简单了，简单得让他觉得不真实——想象中的那些拒绝、矜持和抵抗，他一样也没有遇到；他为此所做的种种准备，似乎也完全派不上用场。一个女人，会对一个一无所知的陌生男人这样毫无戒心吗？他怀疑妻子是在作弄他。

你这么豪放，应该不是第一次做这样的事情吧？

不好意思，还真是第一次。是不是让你失望了？

我不信。

不要说你，连我自己也不相信。我都不知道，不正经起来，连我自己都感到吃惊。不过，像这样无拘无束地和一个素不相识的男人聊天，感觉还真不错。我觉得吧，可能自己早就厌恶了做一个规规矩矩的女人，厌恶了天天戴着面具、一成不变的生活。我甚至觉得，这么多年，我一直都在等待一个男人有一天能来勾引我。哈哈哈，要真是这样，我还得感谢你，帮我圆了这个梦。

你这样子，你老公知道吗？打出这行字时，赵剑南心情复杂。

没必要什么都让他知道吧？你也不是什么事都对你老婆讲，对不对？我敢打赌。我敢跟你赌一万块，你背着自己的老婆，干了不少对不起她的事。你承认不承认？

赵剑南一时语塞。他想起了雨落，那个曾经为了他可以不管不顾的女人。但是现在，她是谁？

3

和雨落第一次见面的日期，赵剑南已经不记得了。他只记得，那是一个五月，他在苏州北站走下动车时，暴雨如注，雨点落在车顶上，噼里啪啦的，像是无数粒豆子正在一口硕大的炒锅里欢腾。他撑着伞走在站台上，看着铺天盖地的雨幕，心里一直念叨着两个字：雨落，雨落。

雨落的模样，和他的想象大致相当。来苏州之前，雨落曾经向他描述过自己的样子：中上之姿，短腿，平胸。果然就是中上姿色，不长的腿。胸呢？他不顾第一次和女性约会的禁忌，目光特意在雨落的胸部停留了几眼，感觉并不像她自己说的那样不堪。但是，等到他们在站前广场上拥抱到一起时，他才知道她所言非虚——能有那样的效果，应该都是胸罩的功劳。

在论坛和QQ上，他们已经聊得太多。见面时，他们像一对初涉爱河的情侣，热烈、缠绵；也像一对老夫老妻，不讲客套，没有顾忌。他们手牵着手，坐公交、逛公园、轧马路，谈论文学、人生和理想，还有她经历过的那些男人。不知道是因为旅途劳顿，还是提前透支了激情，那天晚上，赵剑南表现得相当疲软。他早就憧憬着这次见面，也为此做了很多准备，想在雨落面前大显身手。没想到，事到临头，竟是如此狼狈，这让他相当羞愧。但是雨落好像不以为意。

她在赵剑南的身下，握着他软塌塌的"小弟弟"，调皮地说："你看看，它不喜欢我。算了，这家伙不听话，你也别勉强了。让我起来吧，咱们干点儿别的。"

他们在床上变着法儿地亲昵。他没想到，雨落竟然有这么多手段，真是大开眼界。她和以前的那些男人，是不是也玩过这些游戏？他一边快活地叫出声来，一边拼命压制着脑子里那些不合时宜的想法。他在心里一遍遍地默念：活在当下，无问西东。一直到深夜两点，两个人才相拥着沉沉睡去。

第二天，雨落带他去了寒山寺。这是他们早就计划好了要来的地方。雨依然下着，但比前一天小了很多，淅淅沥沥、缠缠绵绵。雨落特意买了一柄仿古的油纸伞，他撑着伞，雨落挽着他的胳膊，很有些小鸟依人的意思。雨天的寒山寺，游人并不多，他们便愈发显得醒目。两人在寒山寺的碑廊里流连，欣赏一块块刻有诗词的石碑。来过多次的雨落客串起导游，为赵剑南讲述这些诗碑的来历，以及与寒山寺有关的典故。不知道为什么，赵剑南有些失望。眼前的院落，与他想象中的寒山寺大相径庭：空间布局过于紧凑、逼仄，让人感觉拘束；而那口镇寺之钟，又过于恢宏，很难让人和《枫桥夜泊》里那种深邃、悠远的意境对应。这样一来，赵剑南便有些走神。他的脑海里浮现出昨夜的情景，身体不觉燥热起来，情不自禁地把雨落拥到身前，紧紧地箍住。在一个角落里，他们用撑开的雨伞做掩护，开始了一场漫长的激吻。赵剑南吻出了一头一脸的汗。这个晚上，他表现神勇，像是一员纵横驰骋、收复失地的悍将，连雨落都怕了他，直喊疼。

这是赵剑南的第一次出轨。他在雨落面前隐瞒了自己已婚的事实——刚开始，他并没有想到会和雨落走得这么远。他已经想不起来当初隐瞒婚史的动机。在雨落第一次问起他的婚姻状况时，他下意识地说自己还是单身。现在看来，他这么做，或许只是为了增加雨落对他的好感。这次苏州之行，他很享受和雨落在一起的感觉，同时，也越来越觉得继续隐瞒下去对雨落不公平。回深圳那天，雨落送他到苏州北站，在路上，他俯在她耳边，对她坦白了这个秘密。他以为雨落会愤怒、痛苦，会鄙视他、唾弃他、疏远他，但她只是愣怔了一下，然后，把脸转向出租车的车窗，表情平静，仿佛她早就洞察了关于他的一切。过了几分钟，雨落又开始和他说笑，像是什么都没有发生过。她越是这样，赵剑南心里越是没有底，但他也不知道该做什么。他们在进站口前拥抱作别，赵剑南随着人流走进站厅，一回头，看到雨落正在向他挥手，嘴里还在说着什么。站厅里人声嘈杂，赵剑南听不真切。他停下来，掏出手机，打雨落的电话。她接了，对着手机大喊："赵剑南，我要去找男朋友！"雨落连喊了几遍，喊得赵剑南的心一阵刺痛。

雨落果然就找了男朋友，还不止一个。在这件事上，雨落像是猴子掰苞谷，掰一个，扔一个，没有一个男人能和她处得长久。但这并不妨碍她继续与赵剑南交往和约会。在苏州之后，他们去了杭州、扬州，雨落还来过深圳。赵剑南对雨落交男友的进度了如指掌，还对那些男人的长相、性格、床上功夫有所耳闻——这当然都是拜雨落所赐。有一次，她甚至悄悄开着QQ摄像头，让他听她和男友在床上的动静……听雨落讲她和男友的故事，对赵剑南来说是快乐，更是煎熬。有时，他会忍不住傻笑；更多的时候，雨落的讲述让他意识到：这个美好的女人并不专属于他，他要和别的男人分享她。他因此而嫉妒、抑郁、狂躁，这时，像有无数把钝刀，在一遍遍地剜他的心、锉他的骨。他想打断雨落，但又忍不住听下去，在漆黑的夜里，手机屏发出的光照亮了他眼里的热泪。冷静下来时，他审视了自己和雨落的感情，觉得它是一段孽缘，他甚至想过，要像快刀斩乱麻一样割断它。但他就是做不到。他舍不得这个女人，虽然她给他造成了这么严重的心理创伤。

　　三十岁那年，雨落开始向赵剑南打听他妻子的情况，刚开始，只是用玩笑的口吻说，如果他能恢复自由之身，她还是愿意嫁给他。赵剑南看出来，她累了，也厌倦了现在的生活。他还真动了这个念头，甚至找律师朋友咨询过，如何才能顺利离婚。有一次，他拐弯抹角地和妻子谈起离婚。妻子把头一仰，眼里射出两道寒光。她说："我知道你想说什么。想和我离婚，没门儿。除非我死了。"赵剑南知道，这件事基本上没什么希望了。但他没有告诉雨落。雨落开始认真了，逼得越来越紧。发展到后来，她不顾和赵剑南的约定，不分白天晚上、工作时间还是周末，也不管赵剑南在公司还是家里，都给他打电话，催他离婚，迫不及待地要嫁给他。她甚至放话，她要到深圳来找赵剑南和他的妻子。她的疯狂让赵剑南感到恐惧，联想到之前她在和自己交往时，同时和另外的男人约会、做爱……赵剑南怕了，他开始退缩、逃避，开始不接她的电话、不回她的信息。好在，雨落的疯狂并不持久。过了两个月还是三个月，她的电话少了，信息也少了。直到有一天，他想起了她，试着给她发了条信息，没有回复；又打她的电话，始终无人接听……

4

没有的事。虽然我的精神一直在出轨，但身体从来没有出过轨。这一次能不能出成轨，就看你了。

是吗？那就暂且相信你吧。其实，我差点儿也有过出轨的经历。你想听吗？

赵剑南一直不相信，妻子的感情经历像他表面上看到的那样，洁白如纸。现在，终于有一个机会，揭开他一直想要知道的谜底。他按捺住心底的狂喜，飞快地在手机上打出两个字：当然。

　　嗯，这个故事有点长，你得拿出点耐心。大概是十年前吧，我老公想和我离婚。当然，他说得比较委婉，但是我听出了他的意思。我毫不犹豫地拒绝了他。我甚至没有问他，为什么要这样。我们之间并没有什么大的矛盾，平时也不怎么吵架。在这种情况下提出离婚，不是因为别的女人插足，还会是什么？

　　那时他还很穷，也没有什么名气，但我就是喜欢他的干净。真的，你没有见过那么爱干净的男人。他的头发总是一丝不乱，皮鞋总是锃光发亮，用过的东西总是收拾得整整齐齐，家里电脑的键盘鼠标，他每天都要用酒精擦上一遍……要是和他离了，我不知道上哪里去找这样的男人。我一直觉得，这样的男人，再坏，也坏不到哪里去。

　　虽然最终没有离成婚，但我知道，他的心变了。他隐藏得这么深，在这之前，他和那个女人的事，我竟然没有看出一点儿蛛丝马迹。我真是蠢。每每意识到这一点，我的心理就很不平衡。刚好，在那段时间，我每天都会在公交车上遇到一个男人。

　　他个子不高，长相也很普通，总是穿着一家工厂的工衣，年纪看上去和我差不多。像这样的人，放在人堆里，就像一滴水融进了水里，很难把他分出来。但他从第一天起就吸引了我的注意，因为，他怀里抱着一只公仔狗。狗不大，棕色，两只黑眼珠特别可爱。车上很多人都看着他，和他怀里的狗。我也一样。我想，他是不是在玩具厂上班，这只狗是他们工厂的产品？但是，接下来的好几天，他都是如此，有几次下班时，我在车上碰到他，他也抱着狗。

这就让我好奇了。一个大男人，看上去脑子也没有什么问题，却每天抱着玩具狗上下班，这是为了什么？我想不出答案，却老爱想。在公交车上，我的目光经常会不由自主地落在他的身上。他总是看向窗外，特别是公交车停靠的时候，他的视线在站台上的人群中逡巡，像是在寻找什么。

你有没有经历过深圳的早高峰？网上有个段子，说在北京早高峰挤地铁，能把一个孕妇挤流产；在深圳挤地铁，能把一个姑娘挤怀孕。其实，深圳早高峰时的公交车也差不多。那天早上，我又在公交车上看到了他，他依旧抱着那只狗。车停站了，涌上来几个乘客。突然，他猛地朝车门外挥手。顺着他挥手的方向，我看到一位年轻的妈妈，蹲在一个四五岁的小姑娘身边，正在给她系鞋带。他大声喊起来："等等，我要下车。"车停了下来。他拼命地往车门边挤，几乎是不顾一切。好不容易下了车，玩具狗却落在了车上。车门刚关上，车子就开动了。我看见他回头朝公交车看了一眼，似乎喊了一句什么。我费劲地钻过去，捡起那只公仔狗，抱着它，仔细端详。我想，今天下班，最迟明天早上，还会碰到他的。

那天下班，一上公交车，我就看见了他。他依然看着窗外，但表情有些忧郁。晚间的公交车没那么多人。我走到他的身边，碰碰他的胳膊。他转过身来，看见被我举到面前的公仔狗，眼睛一下子睁大了。"还给你。"我说。他的眼睛瞪得更大了，嘴巴也微微张开，好像一下子怔住了。他伸手接过了狗，连声对我说谢谢。"你没事吧？"我问。"没事……早上，站台上那个小女孩，特别像我的女儿。她两年前失踪了……"他的声音很小，但我心里依然一颤。当了妈的人，最听不得这样的事情。"如果我没猜错，这是你女儿喜欢的玩具？"我指着那只狗问。他点点头，眼里流下泪来，弄得我的眼眶也湿润了。他一直看着窗外，是希望有一天能找到他的女儿吧？想想自己的老公，我忽然对他有了好感。

我和他互加了QQ。白天有空时，我会和他聊几句。他是一位工程师，所在的工厂离我上班的公司不远。女儿失踪后，妻子也离开了他，他现在孤身一人。寻找女儿，成了他生命中最重要的精神寄托。那天早上，他挤下车后，才发现那个小女孩不是他的女儿……

说不出为什么，我对这个男人的好感在一天天增加。每天早上，我都充满期待——希望能在公交车上遇见他。其实，遇见他，也做不了什么。更多的时候，我只能远远地看着他。他仍然盯着窗外，只是偶尔回过头，扫一眼车厢，直到和我的目光交汇。上班时，我变得爱胡思乱想。他还能找

纪念日

到女儿吗？他妻子是个什么样的人，为什么会离开这样一个有责任感、有担当的男人？和他一起过日子，难道不应该很幸福吗……

赵剑南仔细地看着妻子发过来的每一个字。他一直不敢插话，生怕干扰了她的思路，或者影响到她的情绪，不再接着往下讲。但她说完这句话后，迟迟不再开口。赵剑南终于忍不住了，在手机上敲出几个字：后来呢？

又等了好一阵子，妻子才回过来信息：后来，就没有后来了。大概过了三四个月吧，有一天早上，我没能在公交车上看到他。我不知道他出了什么事，到公司后，在QQ上问他。他说，他已经从那家工厂辞职，打算去江苏。南京有一位网友，在公交车上看到一个小姑娘，跟他发在网上的寻人照片很像，他要去那里找女儿……我问他为什么不告诉我这件事。他说：找女儿是我自己的事，我不想让你牵扯进来。再过了几天，他不再回我的信息；又过了几天，他把我的QQ拉黑了。我不知道为什么会这样。我们又像是生活在平行世界的人，仿佛彼此从来没有遇见过……

很长时间，手机屏幕上再没有出现新的消息。妻子的故事，似乎讲完了。赵剑南吁了一口气。

打这么多字，辛苦了。

不辛苦，其实我是语音输入。家里没人打扰，语音输入挺方便。

这样吗。那么，咱们不如直接用语音聊天？

打完这行字，赵剑南吓了一跳——他意识到，自己犯下了一个错误。要是妻子答应了他的请求，游戏还怎么继续？

还是不要吧。我的嗓音嘶哑又粗犷，像男人，我怕把你吓着。明天，我们不是要见面吗？到时候，你自然能听到我的声音。见面之前，我们不要语音，不要视频，把惊喜留到最后，好吗？

那好吧。

快深夜十一点了。赵剑南用自己的另一个微信号给妻子发去信息：亲，想你了，在干吗呢？和一个陌生男人聊天，你信吗？信，有什么不信的。你是后天回来，对吧？对，今天已经买了机票。知道了，你早点休息，不要和美女作家们玩得太晚。我睡觉了，晚安！

5

赵剑南把机票改签到了第二天下午，又在携程网上订了霞涌一间海滨酒店的客房。他仍然拿不准，妻子是否真会赴一个陌生男人的约会。他也不确定，自己是否真的希望妻子以这种方式赴约。他决定把游戏进行到底，妻子如果爽约，他就亮明身份。毕竟，明天是他们结婚二十周年的纪念日，对这么用心的安排，妻子应该不会无动于衷。

次日上午，在颁奖典礼的会场上，赵剑南和妻子有一搭没一搭地聊天。赵剑南问她，是否真的想好了，晚上来黄金海岸陪他度一个浪漫春宵。敢情你还是不相信我？放心吧，我巴不得现在就去，但我要上班。我在坪山，离黄金海岸不远，一下班就走，你到得早的话，在那儿等我。妻子的语气不容置疑，让赵剑南觉得，再问下去自己就不像一个男人了。

颁奖之前，赵剑南接到了雨落的语音通话申请。当时，一位重要嘉宾正在台上讲话，响亮又突兀的手机铃声一下子让赵剑南成为全场瞩目的焦点。他赶紧挂断，给她发去文字：开会，不方便。

昨晚没看到你的信息，抱歉。雨落回复。

在赵剑南眼里，这些文字看上去像是一堆僵死的虫子，丑陋、冰冷，让人心生厌恶。他不想再和她纠缠下去。想了想，还是给她回过去一句话。

没什么可抱歉的，是我打扰你了。

赵剑南从来没有用这样的语气和雨落说过话。她一定能够感受到他的冷漠和疏远。他以为他们今天的交流到此为止了，但是，雨落很快又给他发来一段话，很长。

本来不想说，但你真的打扰到我了。对了，忘了告诉你，我有男朋友了。请你考虑一下我的感受，不要再不分时间、不分场合地发信息、打电话给我了，好吗？你记不记得，当年，我这么做时，你是怎么对我的？我那么卑贱地想要和你在一起，卑贱到几乎不把自己当人，可是得到了什么？你以为我不知道，你找我的目的是什么？你觉得我是你的什么人？回家找你老婆去吧，你只配去找那样的女人！

赵剑南以为自己看错了。没有错，那些字，他都认得。他的心怦怦狂跳，感觉脸涨得厉害，像是被人扇了一巴掌。手机似乎有些烫手，他把它丢到桌上，再也不想看它。赵剑南悄悄扭头四顾，发现没有人注意他。一整个上午，他都心神不宁。颁奖时，主持人念了好几次名字，他才意识到该自己上台了。

领完奖，他就向主办方请了假，打车直奔上海，坐上飞往惠州的航班。一路上，他都恍恍惚惚的。航班因故晚点，近百位乘客在又闷又热的机舱里待了两个多小时后，飞机才呼啸着上了天。在平潭机场落地，已经是下午五点。游戏还要不要继续？排队乘车时，他一直在纠结。最后，他还是坐上了去霞涌的出租车。这时候，他似乎才从一天的失魂落魄中走了出来。他给妻子发微信，告诉她自己在去黄金海岸的路上。他的眼睛不敢离开手机屏幕，但没有收到回复。快下班了，她应该是在忙着给一天的工作收尾，顾不上看手机吧？

赵剑南赶到霞涌，到酒店办好入住手续，还是没有收到妻子的信息。已经七点多了，霞涌的天色暗下来，街边的路灯亮了起来。她到底是来，还是不来？赵剑南心情矛盾。雨落的话，又在他的耳旁萦绕。他忽然害怕看到妻子，有点想退出游戏。他决定不再问她。

赵剑南想一个人走走。酒店离海滩不远，他下了楼，顺着路牌指示往海边走。路上行人稀少，这让赵剑南有些纳闷：眼下差不多到了旅游旺季，这个海滨小镇没道理这样冷清。很快，他看到了大海。海滩上空无一人，黄金海岸的入口，被红色的塑料水马围了起来，旁边立着一块醒目的牌子：浴场暂停营业。

海滩上静悄悄的。赵剑南环顾四周，没有看到保安之类的执勤人员。他从两架水马之间的空当钻进去，海风一下子把他拥在了怀中。眼前天高地阔，纠缠了他一整天的紧张与忐忑，仿佛被海风一扫而空。

他的手机响了起来。被叫的是他的工作号码，妻子打来的。他心里发慌，手指一滑，碰到了屏幕上的红色按钮。他正想发微信解释，手机又响了。这次，被叫的是他的常用号码。他不得不接起电话。

我给你讲的那个故事，你信吗？

是妻子的声音。

你怎么知道是我？

很久以前，你用微信名里的那个手机号码给我打过一次电话，我把它存下来了。还有，那个加好友的游戏，我在你的小说里看到过。

赵剑南的脑门沁出一层热汗，很快又被海风吹干。

你……现在在哪里？

今天是周五，你忘了吧？孩子回家过周末，我下班后得去宝安接她，这会儿刚到家。回答我，我给你讲的那个故事，你信吗？

我……不知道。

这是我在你的小说里找到的灵感。我知道，今天是个纪念日，谢谢你。但是我不能把孩子一个人放在家里，你回来吧。我现在就做饭，等你一起吃。对了，其实，你的小说写得蛮不错的。尤其是这两年，一篇比一篇好。我跟你讲的这些，能让你写一篇小说吗？

电话已经挂断了，手机还被赵剑南举在耳边。海滩上仍旧空无一人，和他做伴的，只有海浪和涛声。赵剑南忽然想到一首老歌——《涛声依旧》，雨中的寒山寺也倏然在他眼前闪现。带走一盏渔火，让它温暖我的双眼；留下一段真情，让它停泊在枫桥边……赵剑南情不自禁地唱出了声，歌声越来越嘹亮，它像一道光，刺破了海上深邃的夜空，也在赵剑南的脑海深处劈开一片混沌。他已经知道，自己的下一篇小说要写什么了。这篇小说，或许将成为他的里程碑。

夜行火车

叶子转学到天保小学那天是星期一。

天保小学一共有108个学生。从一年级到六年级，人数逐级减少：一年级26人，到了六年级，只剩下13人。人都去了哪儿？镇上的学校，县城的学校，外面大城市的学校。总之，只有人出去，没有谁回来。所以，当校长在升旗仪式之后介绍叶子时，操场上响起的掌声像是雹子落在了屋顶上。看上去，叶子好像被这掌声吓到了。站在旗杆下的她，两手揉着衣角，嘴唇有些哆嗦，眼睛里透出怯生生的光，像是一只惊魂未定的小鸟。

介绍完叶子，校长发表了热情洋溢的讲话。但是，六年级同学最关心的问题，校长却都没有说，班主任方老师也没有说。比如，叶子为什么要转到天保小学？她以前的学校是什么样的？她以后会去山外的城市读书吗？第一节课刚下课，亚男、武林和冬果就围住了叶子。他们叽叽喳喳的，一个个问题像一支支利箭，让叶子难以招架。叶子好像还没有从早上的状态里回过神来，回答得支支吾吾，零零碎碎。当他们问到她的爸爸妈妈时，她眼里竟然还有了泪花。最后，他们只搞清楚了这样一件事：叶子的爸妈去外面做生意，家里没人照顾她，就把她送到天保村的姑妈这里上学。

大家多少有些失望。不该这样简单啊，这一点儿也不好玩。叶子应该有些故事，应该知道一些他们不知道的事情、应该说一些他们没听过的话才对啊。然而叶子偏偏没有。她不仅没有什么稀奇的故事要说，还那么爱哭鼻子，见过的世面、懂得的知识似乎也不如他们。于是他们都散了，虽然还是有些失望，但是已经释然了：对一个转学到天保小学的女生，你还能指望从她那儿得到多少乐趣呢？

转学生叶子头上的光环消失了。很快，六年级的学生们就好像把她忘掉了一样，或者说，大家似乎已经不记得她是个转学生了。叶子就像一颗小小的石子，除了给天保小学这片水面带来几圈转瞬即逝的波纹，什么也没有改变。她安安静静地坐在教室的角落里，除了回答老师的提问，其余时间都不怎么说话。她的眼神还是怯生生的。下课的时候，吃饭的时候，下晚自习回宿舍的时候，她都是一个人。也有什么人想要去找她说话，和她玩。

过完年有一段时间了。过年的时候，他们的爸爸妈妈从外面的大城市带回来很多东西，有零食，有玩具，也有图书。这会儿，零食吃完了，玩具差不多玩腻了，一些新鲜的话题也变得乏味了。只有课外书还没有看完，但是他们都不想再看了。他们开始谈论即将到来的清明，因为武林的爸妈清明节会从深圳回来。武林的爸妈和别人不一样，他们只在清明节的时候回老家。武林当然是盼着爸妈回来的，他指望他们能和别人的爸妈一样，给他带回来玩具和零食。他们每次回家都是那么匆忙。爸爸带武林上坟，妈妈带武林走亲戚、买东西、拍照，再把照片发到朋友圈，这样，他们的任务似乎就完成了。他们从来没有像亚男和冬果的爸妈一样，在暑假或者寒假时把武林接到他们打工的地方住一段时间，连提都没有提过。清明节一过，爸妈就又成了陌生人——假如有一个陌生人每年都会在某个时候带着礼物来看武林，他一样会对他心生期待。

可是，离清明节差不多还有一个月呢。关于这个话题，好像也没有太多的东西可说。但是，他们顺着这个话题说到了深圳，说到了深圳的地铁、世界之窗、欢乐谷，还有野生动物园。三个人里，只有武林没有去过深圳。但是他在电视里见过深圳，偶尔也听爸妈说起过这个地方，所以他觉得自己对深圳是有发言权的。他说，你们知道深圳最高的楼房吗？告诉你们，是地王大厦。但是冬果纠正了他的说法。

"不是地王大厦，是平安大厦。我还在平安大厦的旋转餐厅吃过自助餐呢。"冬果的父母也在深圳，去年，有一个基金会组织来深务工者的留守子女游深圳，父母给他报了名，冬果竟然入选了。在那一个星期里，冬果去了不少好玩的地方。

纪念日

武林瞪了冬果一眼。他觉得冬果不应该在这个问题上和自己抬杠。去过深圳又有什么了不起？亚男的爸妈在东莞，她也去过深圳，但她就不会像冬果这样显摆。

"别吹牛了。地王大厦有 200 多层，平安大厦是多少层？"其实，武林并不知道地王大厦有多少层。话一出口，他就被自己吓到了：200 多层，那得有多高啊。

冬果显然也被这个数字唬住了。他皱着眉头，努力回忆着平安大厦的模样。他觉得，它无论如何也不会有 200 多层这么高。所以，他不打算再在这个问题上争论下去了。

"我不记得了，反正很高。我还在平安大厦上面看到过香港。"冬果有些得意。那天雾蒙蒙的，尽管冬果睁大了眼睛，他看到的香港也只是模模糊糊的一片。

"我也看到过，深圳湾公园的对面就是香港。"亚男说。

武林觉得亚男不应该在这个时候发言。他总不可能说自己在电视上也看到过香港吧？他挠挠头，发现隔着一张课桌的叶子正悄无声息地看着他们。武林仿佛遇到了救星，他问叶子："你看到过香港吗？"他几乎可以确定，她会回答"没有"。

叶子似乎吃了一惊，因为她的眼神有些慌乱，像一头遇到意外的小鹿。她紧紧抿着嘴唇，眼睛望向窗外。

"我看到过夜行火车。"她一个字一个字地说。

大家都愣了。夜行火车。这四个字好像有一种巨大的力量，一下子把他们镇住了。冬果坐过飞机，亚男乘过高铁，武林只坐过叔叔开回老家的小车。但不管是跟飞机、高铁、小车，还是深圳的平安大厦比起来，夜行火车都像是一种截然不同的事物。它是那么遥远，又是那么神秘。

"它从很远的地方开来，吹着长长的口哨，开进一个山洞。它打着很多红灯笼，明晃晃的，像一串发亮的珠子，也像一串闪闪的流星。等它开进山洞，世界又黑了。"叶子又说。

他们突然觉得叶子像个诗人。难道不是只有诗人才会说出这样的话吗？看来，这个转学过来的女生到底有些与众不同。他们安静下来，眼前出现了一列夜行火车。它呼啸而来，呼啸而去，像一串闪亮的流星。现在，除了夜行火车，他们觉得别的话题都没有什么意思了。过了几十秒，武林才想起来，他还有几件事情没有搞明白。

"你在哪里看到的夜行火车？"

"我们村里。在离我家不远的山上，就能看到铁路。"

"你每天晚上都去看夜行火车吗？"

"嗯。除了下雨，落雪。"

"你是和谁一起去看吗，还是一个人？"

"一个人。"

"你为什么不在家待着，一个人跑去看夜行火车？它有那么好看吗？你不害怕吗？你的爸爸妈妈不管你吗？"这一串问题，亚男已经在心底憋了好一会儿。

"其实……我不知道我的妈妈在哪里。她出去打工很多年了，一直没有回来。爸爸每天在外面忙到很晚，家里只有我一个人。等我看过了夜行火车，爸爸才会到家……他们没有在做生意，是姑妈教我这样说的。请你们不要告诉别人……"

没有人说话了。武林、亚男和冬果都意识到，从这一刻起，他们和这个叫叶子的女孩拥有了一个共同的秘密。他们很快就决定，要为她保守这个秘密。

"什么时候，你能带我们看一次夜行火车？"武林还在想象叶子一个人坐在山顶上，看那串长长的夜行火车驶过时的情景。

叶子这次没有回答。她抿着嘴唇，目光看着窗外，眼神有些缥缈。他们都不知道她在想什么。上课铃响了，方老师走进了教室。

因为夜行火车，武林、亚男、冬果重新认识了叶子。他们成了朋友，成了天保小学的F4。这是一个很奇怪的组合：武林、亚男和冬果都是让方老师头疼的调皮鬼，而叶子看上去那么乖巧、文静。他们一起玩耍，一起吃饭，午休时一起偷偷溜出宿舍，到学校旁边农业合作社的果园看梨花。就连周五下午回家，他们也是一起走，等叶子到了她姑妈所在的村子，几个人才分道扬镳，各回各家。这让其他的同学都有些费解，他们不知道叶子有什么魔力，把这三个捣蛋鬼吸引到了一起。

虽然还是不怎么说话，但叶子的脸上渐渐有了笑容。与此相反，武林却一天天变得沉默。上课的时候，他不再睡觉，不再做小动作，也不再给冬果、亚男递纸条，偶尔还会发呆，连方老师点他的名字让他回答问题，他也好像没有听到。直到邻桌的亚男拉一下他的胳膊，他才如梦方醒地扭头四顾，有的同学笑出了声。方老师再次喊武林的名字，他才站起身来。

"周武林，你家里有什么事吗？"

武林摇摇头。

"那你为什么老是心不在焉？小心我打你妈妈的电话。"

武林的脸色一下子变了："能不能不要打我妈妈的电话？我知道错了，下次再也不会了！"他的声音带着哭腔。

教室里静了下来。武林的表现，让冬果、亚男觉得奇怪。中午吃饭时，在亚男的追问下，武林才告诉他们：爷爷说，他的爸爸妈妈要离婚了。这个清明节，他们就要回来办手续。

"他们为什么要离婚呢？"亚男和冬果差不多同时追问武林。看上去，他们和武林一样感到意外。武林不说话。

"他们离婚以后，你打算跟谁一起过？"亚男问。武林还是不说话。

"我觉得他们离不离婚，对你都一样。反正他们一年就回来看你一次。"端着碗想了半天，冬果说出了这样一句话。想到这句话能安慰武林，他便有些得意。

"不一样。你们不知道的。"谁也没有料到，叶子说话了。她的声音很轻，但听上去很有分量。三个人都抬眼看着她，她的眼里居然有了泪光。"不能让他们离婚。"她问武林，"你想他们离婚吗？"武林摇摇头。

"可是，他们就要回来了。"叶子说。

是的。距清明节只剩下十多天，武林的爸爸妈妈就要回来了。他们都意识到了这个问题。要是清明节能晚点到来就好了。但是他们也知道，这是不可能的。他们都明白，自己在这件事情上面什么都做不了。意识到这一点，他们都不怎么说话了。草草吃过饭、洗过碗，他们回到了宿舍。这个中午，他们破天荒地睡了一次午觉，虽然武林并没有睡着。

周一上学，亚男带来了一张电影《狗十三》的海报。影剧院的广告车到村里巡游，见人就发海报，亚男也得到了一张。这周五，镇上的影剧院要放映这部片子。亚男看了剧情介绍，看到那个父母离婚、跟着爷爷奶奶一起生活的 13 岁女孩李玩，便想到了武林。这个星期天就是清明节，武林的爸爸妈妈快要回来了。清明节过后，他们就要去县城办离婚手续。到那时，武林就没有爸爸，或者没有妈妈了。也许，他的爸爸妈妈都没有了。她忽然产生了一个大胆的想法：请武林去看《狗十三》，他应该会喜欢。他肯定会喜欢。因为，武林还从来没有到电影院看过电影。当然，她要把冬果和叶子也叫上，谁让他们是天保小学的 F4 呢。

中午吃过饭，亚男把海报拿出来，说出了自己的打算。

"你有钱买票吗？"冬果问。

"你看看，这是什么。"亚男在兜里掏了一阵，掏出一张一百元的钞票，"我从爷爷奶奶的钱包里偷偷拿来的。一张电影票二十块钱，买四张票，还能剩下二十块呢。"

"你不怕被你爷爷发现了？"冬果问。

"不怕。顶多我下个月不找他要零花钱呗。"

"那行。你请我们看电影，我请你们吃爆米花，喝可乐。"冬果也在自己的兜里掏，掏出一把零钱。

他们四个人再次拥有了一个共同的秘密。这秘密是那样刺激，又那样美好——他们打算周五下午逃课，去镇上的影剧院看《狗十三》。以前，他们还从来没有过这样疯狂的举动。他们的心情如此矛盾：一边小心翼翼地控制着自己，不让这个秘密从嘴巴里蹦出来——如果让老师知道了，他们将没有机会完成这次令人激动的冒险；一边又希望能够与别的人一起分享这个秘密，让他们知道自己可以这样胆大包天，这样无拘无束。四个人里面，数武林最兴奋。他不再老是想着很快就要到来的清明节了。甚至，假如时间流逝得比以前更快一些，他也不会太介意。叶子呢？她看上去比以前快乐一些了，眼睛里整天亮闪闪的。

在漫长的等待中，星期五终于到来了。中午，等查房老师一离开，亚男、叶子和武林、冬果就背上书包，悄悄溜出了学校大门，顺着村村通公路向镇上出发。一路上，他们像是一群从笼中放出的小鸟，自由自在，叽叽喳喳。武林让亚男关掉了她的电话手表，他担心方老师或者亚男的爷爷奶奶打电话找她。

他们走了两个多小时。赶到影剧院时，《狗十三》早已开场。他们匆匆忙忙地买了票，电影院没有爆米花和可乐，他们又匆匆忙忙地跑到街上的商店，一人买了一瓶可乐。他们终于坐到了电影厅的椅子上。影厅很大，但观众很少，显得空荡荡的。这时候，李玩的爸爸已经开始打她了。他掐住李玩的后颈，把她拖进客厅，扇她耳光。李玩一边叫喊，一边大哭。亚男和叶子一下子就被吸引住了，她俩也跟着李玩哭。武林这时候一边用屁股一下一下地蹭着软软的座椅，一边东张西望。他想搞清楚投到银幕上的光是从哪里来的，还想看看这个影厅有多少排座位，能坐多少人。这时，他的视线落到了亚男和叶子脸上，他看到她们的脸颊爬着两道泪水，还有眼泪正源源不断地从她们的眼眶里涌出来。于是他也把目光投向了银幕，很快，他的眼泪也流了出来。

电影散场了，他们从影院走出来。这时候太阳还很高，街道上升腾着温暖的气息和不知从什么地方飘来的花香，远处还有布谷鸟的啼鸣在一声一声地回响，好像是在提醒他们，清明节马上就要到了。他们漫无目的地走着，脸上的泪痕还没有干透，看上去似乎有些忧伤，就像是一不小心挥霍掉了珍藏许久的宝物，再没有什么东西可以用来幻想。

"你们想看夜行火车吗？"叶子停下来，仰起脸问他们。亚男请大家看电影，冬果请大家喝可乐，她觉得自己也应该向大家，特别是武林证明自己的友谊。她想起武林说过想看夜行火车。她也只有夜行火车。

"想看。但是，看完夜行火车，会不会太晚了？回去肯定会挨打。"冬果说。今天是周五，住读生都要回家。冬果害怕爷爷那双粗糙的大手。他的爷爷干过铁匠，那双抡过大锤的手落在他的屁股上，可真够人受的。

"反正我们下午逃课了，就算现在回去，也会挨打。还不如两顿打换成一顿打。"武林说。夜行火车让他又看到了希望。

"看完夜行火车，我们怎么回去？那么晚了，你们不怕吗？"亚男说。她也很想去看夜行火车，想看看它是怎么点着一长串灯笼，唱着歌儿、拉着哨子驶进长长的隧洞。

"叶子一个人看都不怕，我们四个人怕什么？我们可以走回来。如果不想走的话，还可以去叶子家里住一个晚上，

　　　　　　　　　　　　　　　　纪念日

对不对？叶子，你有你家的钥匙吗？"武林问。看到叶子在
点头，他的心放了下来。

没用多久，F4就统一了意见：去看夜行火车。一种隐秘
的快乐又在他们心头生起，他们重新变得激动起来。他们用
身上剩下的所有钱，在镇上的超市买了零食和饮料，在叶
子的带领下踏上了去看夜行火车的道路。这条路弯弯曲曲，
穿过一座座村庄、绕过一个个山脚。但它究竟有多远，他们
也不知道。他们一路走，一路说话、吃零食、喝饮料，一直
走到太阳落山，暮色四合。好在，就在天空即将收起最后一
抹余晖时，他们赶到了那里。

经过长途跋涉，他们很累，也很渴——在来的路上，他
们已经把零食和饮料全都消灭了。这会儿，他们把书包垫在
脑袋下面，趴在地上。刚刚钻出地面的青草的味儿、身边高
高低低的树木上还没有舒展开的树叶的味儿，以及湿润的
泥土的气息，丝丝缕缕地钻进他们的鼻孔。他们的前面是一
面断崖，再往前就是苍茫的暮霭。武林从来没有看到过火
车。他努力睁大眼睛，顺着叶子的手指，想看清前方山脚下
那一头连着远方、一头钻进隧洞的铁路。他仿佛看到两条铁
轨，在夜雾里隐隐闪着白光。

"夜行火车什么时候来？"武林问。

"还要等一会儿。它跑得很快，声音很大，隔着老远都
能听到，那时候，一整座山好像都在震动。但是等你看到

它，一转眼又不见了。它要来的时候，我会告诉你们。"

于是大家都不说话了。他们怕就在说话的时候，夜行火车开过来，又开走了，以至于他们还来不及看清楚它的模样。他们小心翼翼地等待着那列远道而来的夜行火车，想象着它一路上经历了怎样的风尘仆仆，穿越了怎样的河流与山川。但是，他们都已经很困了。他们调动起自己所有的意志来驱逐困意，但亚男还是睡着了，接着是冬果。听着冬果的小呼噜，武林还在心里笑话他，想把自己新学到的成语"叶公好龙"送给他。但是很快，武林也掉入了梦境。只有叶子没有睡。她在谛听着动静，想在夜行火车到来之前，把他们一个个地叫醒。

"呜——呜——呜呜——"夜行火车终于从远方驶来。它宛若一条长长的火龙，撕开夜的幕布，呼啸着冲进像是没有尽头的黑暗隧道。这时，叶子轻轻翻了一下身，发出一声短短的呓语。浮在半空的露气被夜行火车的汽笛声震落，沾湿了四个孩子的脸。

世界万籁俱寂。

　　　　　　　　　　　　　　　纪念日

小羊咩咩

1

我从未想过，会得到一只羊。

这是一只还未成年的羊。它有灰白的毛，光滑匀称。短短的角，看上去很有力。耳朵肥厚，像两把肉乎乎的、卷着边的小扇子。眼神清澈，温驯。应该说，它的品相不错。如果是孬羊，司马老师恐怕也不会送给我。

我是在李工皮新书发布会后的午宴上认识司马老师的。李工皮领我过去敬酒时，司马刚夹了一筷子黄焖羊肉，正在细细品味。李工皮说，司马老师，这是宋江。他小说写得不错，还在编一本叫《簕杜鹃》的文学内刊，这几年在东城发掘了一些文学新人，培养了不少人才。司马吞下那口羊肉，眉毛动了一下，说，哦，难得，难得。这年头，真正甘心为他人作嫁衣的作家已经不多了。我说，谢谢司马老师，我敬您一杯。司马端起酒杯，抿了一口，看了我几秒钟，说，你回头挑几篇作品，给我看看。你叫宋江，是吧？我点了点头。这时又有人过来给司马敬酒。李工皮悄悄扯了下我的胳膊。我说，老师您忙，我先过去了。司马伸手拍了一下我的肩膀，把头侧到我的耳边，轻声说，散席后你先别走，我有一样好东西，要送给你。

羊被绑着蹄子，卧在一只纸箱里，散发出一些气味。司马喷着酒气说，拿走吧，它是你的了。我还是有些犹豫，不太确定地看着他。司马指着羊，说，见外了，是不？说着，他弯下身子，从后备厢里把纸箱抱出来，放在车库的地上，摸了摸羊角、羊头，又拍了拍手，抖落沾在手上的几根羊毛。它是宁夏盐池滩羊，真正的好东西。你把车开过来吧。司马说。这时，他的手机响了。司马从裤兜里掏出手机，说，嗯，是这样，我知道，等一下。司马把手机举在耳边，打开车门，坐上后座。就这样吧，小宋。再见！他说。

我站在当地，目送代驾开着司马的车驶出车库。小羊"咩"了一声，像是在向司马道别。我抱起纸箱试了试分量。它有四十斤，还是五十斤？反正不轻。司马老师怎么想到要送我这只羊？为什么不送给别人？它代表着什么，是从哪儿来的？我应该拿它怎么办？又该怎样把它弄回去？我的脑子有些乱。

为什么要为它费脑筋呢？把它留在这里，让别人去想办法吧。也许它只是司马老师酒后的一个玩笑。如果他真要送我点东西，送什么不好，偏偏要送一只羊？他是我们这座城市里首屈一指的文坛大佬，就算什么也不送我，能做的事情还有很多，比如推荐我的一篇小说到某家刊物发表，等等。我已经接近决定，放弃这只羊。

我的脑海里，闪过畅销小说中狠心爹娘遗弃婴儿的场景。我从背包里翻出纸和笔，写下一行字：有缘人，这是一只来自西北宁夏的喜羊羊，希望它能给你带来好运，请一定善待它。我撕下纸条，把它放进纸箱，压在羊蹄下，露出一角。又像司马那样，摸了摸它的头和角，算是和它行告别礼。我感觉它的身体颤动了一下，眼神里，似乎满是可怜、无助、哀伤和乞求。我又动了恻隐之心，觉得即将被我遗弃的不是一只羊，而是一个婴儿。

难道它知道我接下来会干什么吗？妈的，它把我的眼泪都快搞出来了。这都叫什么事儿啊。我想起了阿曼。或许，她可以给我出出主意。处理这些事情，她永远比我这个优柔寡断的码字匠有主见。我拨通了阿曼的电话，简单给她讲了事情的来龙去脉。你傻啊，怎么能放着一只羊不要？阿曼的语气里透着兴奋。但我怎么把它弄回去呢？就算弄回去了，又该怎么处理？我问。这还不简单，打个车呗。不是有纸箱吗？连箱子一起放后备厢就行，这样就不怕它在车里拉屎撒尿。只管弄回来，其他的事不用你操心。阿曼说。

阿曼一出马，事情就好办多了。我的心情又好起来了。我把纸箱抱在胸前，羊侧着头和我对视，目光里似乎流露出感激，让我差一点儿被自己感动。

2

阿曼已经在楼下等我。她和我一起把羊抬出车子。好肥的羊！阿曼说，声音里有一种不加掩饰的快乐。我说，现在该怎么办？

急什么。我们先把它弄回家吧。

怎么弄回去？

还能怎么弄？抬呗。

阿曼白了我一眼。她俯下身，面朝我，抓住纸箱的两只角，说，来啊。我也抓住两只角，我俩一撅屁股，纸箱离开了地面。我们像抬轿子一样，把羊老爷抬到五楼的家里。在阳台上放下纸箱，阿曼以手扶腰，直喘气。喘完气，她说，要乖乖听话啊，不然，有你好看的。貌似是在说羊，又像是在说我。阿曼是一家工厂的小主管。她这个样子，就像在教训手下的员工。

宋小顺在房间写作业，听到响动，也跑到阳台上。羊！宋小顺的声音里满是惊喜。他走到纸箱边，用手里的圆珠笔连戳羊的脑袋，羊把头往后缩，咩咩直叫，身体抽搐，眼里透出惊恐。阿曼打了一下小顺的胳膊，说，去去，就知道搞破坏！小顺说，妈妈，我们家晚上吃羊肉吗？阿曼说，先别急。等我把它卖了，再请你们吃羊肉。

我说，卖了？

卖了。不卖，还能把它怎么办？我又没有三头六臂。

原来这就是阿曼的如意算盘，这让我有些泄气。我说，你要把它卖到哪里？她说，小区外面，不是有家羊肉店吗？我现在就给他们打电话，让老板来拉走。阿曼说着就开始拨号。

喂，董老板吗？你那里要不要羊？活的羊，肥得很。阿曼开着免提。

活羊？不要不要。你谁啊？

我是赵阿曼，经常在你店里买羊肉的，你忘了？

哦哦，阿曼啊。不好意思，我们不要活羊，买了没法杀。再说，政府也不让私屠滥宰，要是被举报，会罚很多款的。

别这样啊董老板。很好的一只羊，我可以便宜点儿给你。

你就是白给，我也没法要啊。我只是个卖羊肉的，不是屠夫。对了，你可以问下肉联厂要不要。我这儿有肉联厂的电话，你要不要记一下？

阿曼朝我眨眨眼，我赶紧拿出手机，记下电话号码。阿曼挂了羊肉店老板的电话，又拿过我的手机，拨给了肉联厂。

你好。请问，你们要活羊吗？

要。你有多少？

一只。

一只？你知道我们是肉联厂吗？你是在跟我们开玩笑吧？接电话的是个男人，他笑起来，像是听到了一个有趣的故事。

那你有动物检疫证明吗？这个人似乎觉得有必要再刺激一下阿曼，好让她尽快打消那个荒唐的想法。

什么证明？

检疫证明。你一个卖羊的，不知道检疫证明？

对方突然失去了耐心，电话里响起了嘟嘟嘟的声音。阿曼拿着手机，一脸茫然。过了几秒钟，她说，我出去看看。菜场里还有两家卖羊肉的，我就不信，这么好的羊，他们都不要。

阿曼回来时，脚步迟缓，表情严肃，看来是出师不利。阿曼看了那只羊一眼。它躺在纸箱里，一动也不动，眼神慌乱、躲闪，好像知道自己给我们带来了麻烦，并为此感到不安。阿曼沮丧地说，怎么会这样？早知道的话，还真不如不把它弄回来。她思考了一会儿，接着说，还是先养着吧，再慢慢想办法。阿曼的这个决定让我吃惊。我说，养羊？在家里？阿曼不以为然地说，家里就不能养羊了？它又不是大象。办法总比困难多！

3

阿曼前脚决定在家里养羊，后脚就开始上网查资料。不能总让它这么躺着。得让它站起来，给它盐水喝。阿曼说。

阿曼找来一根绳子。在和我合力把羊抬出纸箱后，阿曼把绳子的一端套在它的脖子上，另一端系上阳台的栏杆，又解开了羊蹄。羊动弹了几下，两只前蹄着地，半截身子立起来，但很快又歪到了地上。阿曼说，它被绑的时间太长了。她揉了揉羊腿，侧身用一条胳膊搂住羊的脖子，让我扳住羊的身子，两人一起使劲儿，羊总算站了起来。但它站得不是很稳，显得有些虚弱。过了一会儿，羊抖了几下身子，试探着走了几步，"咩咩"叫了几声，又低头在地上嗅了嗅，看到了放在阳台角落的那一小盆水。它踱过去，半舔半吮地喝了起来。

喝过了水，羊看上去精神一些了。它在阳台上踱了几圈，又将两条前腿扒上栏杆，看着栏杆外的一株黄葛榕，咩咩叫起来。阿曼说，可怜的羊，应该是饿了，得给它弄点东西吃。对了，晚上我们带它去小区的草坪上吃点儿草。我问，这也成？阿曼信心十足地说，不试试，怎么知道成不成？

晚上十点，阿曼牵着羊，我跟在后面出了门。羊可能还不适应下楼梯，一步一个台阶，走得很小心，像是每一级台阶下面都是万丈深渊。直到踏上一楼的平地，它看上去才没那么害怕。远远望见小区公园的草坪，羊就咩咩叫起来，像一个嗷嗷待哺的婴儿看见了母亲的乳房。它兴冲冲地往前跑，阿曼被它带得直趔趄。她索性放了绳子，羊跑上草坪，开始大快朵颐。我和阿曼在公园的连椅上坐下来，观察着周围的动静。有一个人走过去，问：这是哪儿来的羊？我正打算站起来，阿曼把我拉住，在我手臂上掐了一下，我只好端坐不动。那人四处张望了一会儿，从地上捡起羊绳，把它拴在旁边的树上。羊仍然专注地吃着草，像是沉浸在无边的幸福之中。

两个保安开着电瓶车来到小公园。他们下了车，走到拴着羊绳的树边，一个保安解下羊绳，另一个环顾四周，问：这是谁的羊？马上弄走。不然的话，拉走，打死。阿曼赶紧站起身，边走边说：帅哥，羊是我的，马上就牵走，不好意思哈。阿曼的声音那么温柔动听，但保安仍然不依不饶：在这儿放羊，亏你想得出。你是把小区当成大草原了吧？咋不骑匹马来呢？

羊吃过草，看上去状态好多了，上楼梯也比刚才下楼梯要快。它一边爬楼，一边拉了不少羊屎蛋。阿曼把羊拴上阳台，我戴上一次性手套去楼道清理羊粪。收拾洗漱完，已经十一点多了。我们上了床，房间的灯都关了，阿曼突然没头没脑地说：还是得想办法把它处理掉。

我知道她说的是羊。但连她都没辙，我又能有什么办法？我又没有车。好几年前我就跟阿曼说过，我要学开车。但阿曼对此嗤之以鼻。她说：你满脑子都想着小说，开车还不得经常走神？一走神，准出事。瞧瞧，这都叫什么话。她要是听了我的，我早就开上车了。这样的话，我就能叫上李工皮、西门豹，还有别的狐朋狗友，把这只羊拉到郊野，像电影里演的那样，把它杀了，来一次路边野餐，多美啊。想到这里，像是有一道电光突然划过脑海。我说，李工皮有车。阿曼诧异地看着我。我说，李工皮有车，西门豹也有。我们可以去郊外，杀羊，吃烤羊肉。阿曼有些兴奋。她两眼放光，好像已经看到又肥又嫩的羊肉串，被旺盛的火苗烤得嗞嗞冒油，肉香四溢。对了，我也忘了，你赶紧跟他说说。吃不完的肉，我们还可以带回来，打羊肉火锅，烤羊腿，煎羊排，焖羊肉。阿曼说。

李工皮、西门豹和我都写小说。以前，我们每个月都会聚一次，研讨各自的最新作品，或者就某个小说的构思展开探讨。自从李工皮到文化馆上班后，这样的聚会就停了。我给李工皮打了电话，跟他讲了明天的烧烤计划，说正好可以趁这次烧烤，讨论一下我们要写的小说。李工皮说，好啊好啊，我明天正好没什么安排。这样吧，我约上西门豹，开车来找你。两部车，三家人，坐得下。

挂了电话，我觉得有些对不起羊。我从床上爬起来，到阳台上去看它。黑暗里，羊的两只眼睛闪着荧光。我伸出手，摸了摸它的脑袋。羊咩了一声。我以为它会像以往那样，叫几声就好了，但它却一直咩个不停。大晚上的，这声音清脆突兀，让我心里发虚。宋江你干吗呢，还不早点睡？明天要野炊呢！阿曼在房间喊。

4

野餐地点在马峦山脚下。这是一块林中空地，旁边有一条小溪，是再合适不过的野炊场地。这地方是李工皮找的，他们单位搞团建时来过。

那只羊被我们从车上抬下来。我给羊松了绑，把它牵到溪边，将绳子绾在羊角上，轻轻拍了一下它的屁股。羊似乎领会了我的意思，摇了摇尾巴，兴奋地跑进溪边的草丛，低头吃草。

女人和孩子们去林子里找蘑菇了。李工皮取出一把尖刀，递到我的面前。李工皮说，你来。刀刃明晃晃的，一束束寒光在上面跳跃。我下意识地后退一步，连连摆手说，我不行，我不行。李工皮脸上露出鄙夷的神色：杀只羊都不敢，你就这点胆？我说，不是敢不敢的问题，我和它……有感情。李工皮笑了，说，你和它才处了多长时间，就有感情了？吹吧，傻子才信。他又把刀拿给西门豹。西门豹脖子一梗，说：我不能杀生。我祖上好几代都是屠夫，我爸说了，从他那一辈起，谁都不能夺命。要不然，会遭报应。

李工皮有些失望。他把刀拿在手里掂了掂，又看了一眼正在吃草的羊。没想到你们都这么尿。不杀羊，哪有肉？

没有肉，拿什么烤？看来还得我上了。不过要先说好，羊我来杀，剥皮、剔骨是你们的事。我看着西门豹，西门豹也看着我，我俩不约而同地对着李工皮点头。李工皮撸起右臂的袖子，再将刀子换了手，把左臂的袖子也撸了上来，又把刀背在身后，朝着羊走过去。我们跟在李工皮后面，想看看他杀羊的英姿。羊还在吃草，一小口一小口地啃，啃一口，抬头朝我们看一眼，像一个即将被执行死刑的人，在小心翼翼地享用最后的美餐。李工皮走到羊的身边，蹲下身子，脑袋对着羊头。

真是只漂亮的羊，可惜了。对不起了，记住下辈子要做人，别做羊。李工皮腾出左手，抚了抚羊背上的毛。羊停止吃草，和李工皮对望，眼神平静、安详。但它分明又像是预感到了什么，眼里生起了影影绰绰的雾气。李工皮从背后抽出刀。羊看见了刀，眼里的雾气忽然凝成了泪水，汪在眼眶里，盈盈欲坠。但它的眼神没有恐惧，也没有哀伤，仍然是那么坦然、柔和，有一股让人不忍直视的力量。哐当一声，李工皮手里的刀落到了溪边的石头上。

这羊不能杀，它成精了。李工皮说。他站起身来，又弯腰捡起刀，一脸沮丧。我悬着的心放了下来，西门豹也长吁了一口气。不杀就不杀。西门豹说，真搞不懂你们为什么那么爱吃羊肉。又膻又臊，有什么好的？鸡鸭鱼肉不好吃吗，海鲜它不香吗？李工皮说，我又没说要吃羊肉。又麻烦，又难搞，谁想弄啊？还不是宋江的主意。我说，我们不是还带了别的食材吗？又不是只有羊肉吃。别管羊了，咱们赶紧烤起来吧。李工皮回头瞄了一眼，羊还在看着我们。它不动，也不叫，眼睛也不眨，好像在回忆自己的一生。

阿曼和女人们都回来了。她一眼就看到了那只羊，惊讶地咦了一声。我靠近她，小声说，算了，我们都没有吃它的命。

菜洗好了，火生起来，野炊开始了。李工皮、西门豹和我边烤边吃，边讨论小说。三个熊孩子，手里拿着烤串在逗羊，一个拽羊尾，一个揪羊肚，一个抵羊角，把羊弄得咩咩叫唤。西门豹朝羊那边看一眼，说，我有个想法，写一篇关于羊的小说。题目我都想好了，羊事。李工皮说，这个好，不如我们来个同题写作？我也写一个，杀羊。说完了，他俩都看着我。我说，可以，但我还没想好题目。阿曼插嘴说，这就对了。你们这些文人，动刀子的事干不来，还是老老实实写文章吧。

临回去时，我和阿曼免不了又为这只羊发愁——卖也卖不掉，杀也杀不了，它像是一块膏药，黏到了我们身上。阿曼不想再把它弄回去，打算就地放生。但李工皮对此持反对意见。他说：山里人迹罕至，又有野物，你们把羊丢在这里，用不了多久，它就得死于非命。好端端一只羊，何苦呢。依我看，我们还是把它拉回去吧。大家都想想办法，它毕竟是一只羊，不是一颗炸弹，总能解决的，对吧？宋小顺也有些舍不得这只羊，他在一边帮腔说：妈妈，你不总是说要爱护动物吗？不许你把它丢了，回去了我还要和它玩！

最终，羊还是被装上了李工皮的车子。走之前，我们一起动手，在溪流边割了一些青草。这些青草，把李工皮和西门豹车子的后备厢塞得满满的。

5

到家时，已是晚上。刚把羊安顿好，我就听到谁在敲门。开门一看，是隔壁的邻居。邻居的脸色不是很好，像我借了他钱逾期很久没还一样。

你们在家里养了羊？昨天听了一晚上的羊叫。邻居说。

不好意思……朋友有只羊，在我家放两天。您多担待哈。

你们还真养羊了？邻居的眉毛皱得更厉害了。我一个晚上都没睡好，补觉补到十点多。想找你们问问，敲了几次门，一直没人。你们得想办法把它弄走，我可不想再听到羊叫了。

真是对不住。下个星期……过两天吧，过两天就好了。我保证，这几天不会再吵到你。

邻居半信半疑地走了，我望着阳台上的羊发愣。阿曼忽然一拍大腿，说：你说，会不会有邻居想要这只羊？有人要的话，白送给他好了。这样，既落了人情，也算对得起这只羊，对得起我们的良心。怎么样？

很快，我就看到了阿曼发在业主微信群里的消息：五十斤的活羊，朋友送的，自己处理不了，想免费送邻居，想要的亲请留言。但它像是一滴细雨落进海里，过了好半天都没人回应。阿曼眼睛不眨地盯着手机，两百多人的微信群，仍旧无声无息。我幽幽地说：舍不得孩子套不着狼，要不，你发个红包试试？阿曼看着我，问：难不成咱们还要贴钱送羊？我说：发几块钱，意思一下。在群里打广告的，不都得发红包吗？公益广告也是广告啊。阿曼咬咬牙，说，那我就发五块钱。

阿曼用五块钱发了五十个红包。红包发出去，不到十秒钟就被抢完了，群里的气氛也活跃起来。大家讨论起该怎样把活羊变成羊肉，交流羊肉的 N 种烹调方法，还顺便研究起了阿曼送羊的动机。有人 @ 阿曼：我想问，可以只送我两斤羊肉吗？阿曼气得不行。但这还不是最让她生气的。有邻居问：要了你的羊，是不是该给你回一头牛？甚至还有人直接 @ 群主，让他调查一下发布广告的人的身份，看看是不是有阿猫阿狗混进了业主群，企图骗财骗色。阿曼看得脸色发黑，说，这下好了，羊没送成，倒惹了一身膻。真该把它留在马峦山。

我说，我们还是赶紧想办法，别让羊吵到邻居。阿曼垂头丧气地走上阳台，用手指戳戳羊的脑袋，说，你哪里还是羊？你就是一个祖宗。羊咩了一声，像是表示抗议。对了宋江。阿曼喊我，我们把它送到天台吧，这样就不会影响别人了。老放在阳台，也不是个事。好好的家，搞成了羊圈。这么热的天气，送到天台上，不成烤全羊了？我表示异议。阿曼一锤定音：那就晚上送上去，白天牵回来。要不然，还能怎么办？

不得不承认，阿曼的提议也许是一个可行的办法。我把羊送上天台，把羊绳系在栏杆上，又给它送去一些青草和一盆盐水。忙活完了，我给李工皮打电话，问他想到办法没有。李工皮说，他联系了几个朋友，问他们要不要活羊，但朋友都嫌麻烦，不想要。我说，这只羊在家里老不消停，再不把它解决掉，邻居都要打市长热线了。李工皮说，这样吗？那我再想想办法。

这个晚上，我梦到自己变成了一只羊。我被送进屠宰厂，屠夫把我绑在架子上，我绝望地咩咩直叫。屠夫手执一把闪着寒光的快刀，狞笑着，手起刀落，我的头掉到了地上……羊头落地的那一霎，我醒了，吓出了一身冷汗。我想起了天台上的羊。外面似乎有沙沙声，像是在下雨。我下了床，穿上大裤衩，拉开窗帘，天色已经微明。阿曼也醒了，迷迷糊糊地问我，你这是要干吗？我说，去看看羊。

我刚推开天台门，就听到了羊的咩咩声。和以往不同，它此时的叫声凄惨、急切，充满了痛感。在寂寥的清晨天台，这声音听上去有些瘆人。我紧走几步，看到羊的两条前腿扒在天台的矮墙上，头卡在墙上的栏杆里，湿漉漉的身子几乎悬空。它身体扭动，前腿不停地动弹，拼命想把脖子缩回来。怎么会这样？我都没想不开，它倒要跳楼了？我放下手机，两只手扳住栏杆的铁条，想把羊的头弄出来，但铁条纹丝未动。我又跑回家，拿了一把大活动扳手上来，左撬右撅，好容易才把铁条的间隙弄大。

羊终于被从栏杆上解救下来。它的脖子磨掉了一圈毛，掉毛处隐隐还有血迹，仍然咩咩叫着，但声音听上去有些无力。我累得一屁股坐在地上，旁边是羊吃剩下的草和黑色的粪球。天光已经大亮，但我仍然不敢牵它回去。我抄起手机给李工皮打电话。李工皮应该还没有起床，他很不耐烦地说，你是要干吗呀，还让不让人睡觉了？我说，《籁杜鹃》今天下午要搞一个作者座谈会，你能不能赏光来一下？李工皮说，不就是个座谈会吗，至于这么早就打电话？我说，你中午开车过来，带上二十本新书，先到我家。

6

参加座谈会的，都是东城本地的作者，也是《籁杜鹃》的投稿积极分子，老中青都有。应该说，他们中的大部分，只是文学爱好者的水平。但很多人却以作家自居，一篇两千来字的稿件，文末的作者简介就有一千多字。还有人一上来就自报家门，说明自己是某某作协、某某学会的会员，似乎是想通过这种方式，博得看稿编辑对他们的重视。这些人还有一个毛病，恨不得把所有发表过自己文章的刊物和报纸都罗列到简介上。

老实说，这些本地作者的稿子让我头疼。但是领导规定，本地作者的发稿量至少要在每期杂志中占到六成。所以，他们投来的稿件，我还不能不看。这还不算什么。更让我头疼的，是如何和这些作者周旋。对有些用不了的稿件，我得挖空心思地编一个合适的、能让作者接受、不伤他们面子的退稿理由——被退稿的也许是一位退休老干部。如果老干部对我的做法不满，一个电话打到领导那里，可能会让我吃不了兜着走——也许，这是编辑的宿命。

作者座谈会每年要搞一次，但我对这类活动无甚热情，每次都是抱着例行公事的心态应付。以前我都会提前做些准备，只有这次是仓促上阵。一上班，我就向领导做了汇报，然后联系一家广告部，请他们紧急赶制一道横幅，下午交货。做完这些，我又照着作者通讯录上的号码，一个个打电话约人。因为是周一，有些人要上班，一圈电话打下来，我只约到二十个人。我拍照技术还行，人虽然不够多，但只要照片拍得好、后期处理出效果，向领导交差应该没什么问题。

因为没有预约单位的会议室，作者座谈会改到一家餐厅的包间进行。开场时，我隆重介绍了李工皮，包括他的履历、头衔、发表的作品、出版的著作、获得的奖项、工作单位，等等。介绍完毕，包间里响起一阵掌声，经久不息。李工皮向每位参会者赠送了一本他刚出版的小说集《驯犬师》。作者们的脸上洋溢着笑容，手里捧着李工皮的新书，围在他的身边，请他在书上签名，和他合影，向他讨教写作秘籍，表达对他的崇拜和敬意。李工皮表现得温和谦逊，颇有长者气度、大师风范。现场气氛热烈，正是我想要的效果。我举起相机，一次次按下快门。

座谈环节结束，到了吃饭时间。菜上齐了，酒也斟好了，我们一起举杯，庆祝座谈会成功举行。接下来，大家开始向李工皮敬酒，场面变得热闹、喧哗。我端着酒杯，起身来到一位年轻作者面前——他是一位公司职员，给我的印象不错。我说：慕容，走，我们去跟李工皮老师敬酒，我要把你引荐给他。慕容站起来，不知道是喝了酒还是出于兴奋，那张胶原蛋白充足的脸红扑扑的。他说：好的，好的。我先敬宋老师您一杯，谢谢您的关心和指导。说完，他把杯中酒一饮而尽。我也端起杯意思了一下，看着他把面前的酒杯再次斟满。

李工皮正在回答一个女作者的问题，好像是关于怎样投稿的。女作者长得比较漂亮，李工皮也回答得相当耐心。我在李工皮身边站了几秒钟，直到他回过头来。我说，这是慕容，《籥杜鹃》的重点作者。他的小说写得不错，也很勤奋，前不久还在《湾区文学》发过一个短篇，是东城文学的希望之星。来，慕容，敬李老师一杯。我看到慕容的脸更红了，红得那么纯粹、朴素。希望李老师以后能多多指导。慕容说，声音有些结巴。说完，他拿杯子在李工皮的酒杯下方碰了一下，又高高举起，一口干了。李工皮也抿了一口酒，亲切地拍了一下慕容的肩膀，和蔼地说：小伙子，前途无量啊。回头，你发几篇小说给我看看。对了，吃完饭，你先别走。我有一样好东西，要送给你。

咩。我好像听到一声羊叫。

不会飞的乔丹

1

大概有两个月了，每周六早上，乔丹都会在小区球场和少年相遇。这时候天刚亮不久，球场上只有他们两个人。

少年比乔丹先到。少年穿着 35 号球衣，看上去有一米七了，瘦，但有着结实的肌肉。他站在篮球架下，静静地看着乔丹从小推车里一瓶一瓶掏出水来，搁在长条椅上，再把印着二维码的纸牌挂好，然后开始热身。做完这些，乔丹才把长条椅下的篮球抓起来，抛到场上。少年迎上去，接住，运几下，来个单手上篮，想把球灌进篮筐。他的弹跳不错，但是因为身高，没法完成真正的扣篮。大多数时候，球被他砸到篮筐边沿，弹出去。这时，乔丹正好赶到。他把球拿住，望一眼篮筐，原地起跳，滞空、压腕，篮球出手了。它在空中划出一道漂亮的弧线，刷地擦过篮网，掉到地板上。

人渐渐多起来了。在他们之后来到球场的，是和乔丹年纪相仿的老头儿，夹着几个中年人。第二拨到来的是贪睡的年轻人。到了八点左右，球场就成了小伙子们的天下，人

　　　　　　　　　　　　　　　　纪念日

喊马嘶，热气腾腾。到那时，乔丹只能坐在场边，一边看着他们打球，一边照看自己的水摊。最后一拨，是和少年差不多大的半大小子。一直要到十点左右，他们才会呼朋引伴地赶来。

在同类中，少年是个例外。他每次都来得那么早，每次都等着乔丹摆好水摊、热好身，把球给他，他才开始练球。只有他们两人的时候，乔丹练习运球、投篮，少年练转身、背打，彼此并不说话。直到又来了几个人，他们才开始组队打比赛。乔丹和少年每次都分在不同的队，担任各自队伍的主力。在一群老头儿当中，少年显得有些拘谨，防守、抢断都不太放得开手脚，像一个不经意间闯进瓷器店的莽汉。只有那一次，双方打成4：4，来到赛点。乔丹尝试中投，少年起跳封盖，但他被乔丹骗了——那只是一个假动作。少年收势不稳，"啪"的一声，手打到了乔丹脸上。乔丹捂住眼睛，篮球从手上掉了下来。少年两颊涨得通红。他看一眼乔丹，又看一眼自己的手掌，仿佛不相信是他闯祸了一样。

少年嗫嚅着说："对不起，我不是故意的。"

乔丹痛得流出了眼泪。他擦了一把眼睛，说："没事。我这把老骨头，还经得起打。"

这是他俩的第一次对话。

接下来这个周六的早上，少年又守在了球场上。这一次，乔丹没有先摆水摊，而是从网兜里掏出篮球，扔向场上的少年。少年有些迟疑，没能及时接住球，皮球骨碌碌滚到场地的另一边。过了几秒钟，少年才像是反应过来。他噔噔噔跑过去，捡起球，运起来，又一个三步上篮。球打到板上，掉进了篮筐。

乔丹见过少年和老头儿们打球，和年轻人打球，但从没见过他和那些半大小子们打球。少年仿佛有着消耗不完的精力，从早上一直玩到中午。这时候，太阳无遮无拦地晒着球场，打球的人陆续走了，球场上又只剩下了少年和乔丹。少年在篮球架下投篮，不时朝场边看一眼。乔丹把没卖完的水放回推车，收起二维码，再将毛巾、水杯和手机装进小包。少年看他拾掇得差不多了，托着篮球走过来，从地板上捡起网兜，把球塞进去，拎着，递给乔丹。

乔丹忽然问少年："你没有篮球吗？"

"没有。我弄丢几个了，不敢再买。"少年的脸又涨红了。

"哦。你是住在这个小区吗？叫什么名字？"

少年点点头，说："嗯。我喜欢杜兰特，您可以叫我杜兰特。"

乔丹笑了，端详起少年。少年的额上满是汗珠，脸庞和裸露在外的胳膊、腿部被阳光晒得油光发亮，看上去，和杜兰特真有几分神似。

2

清明节，乔丹回老家给老伴上坟，被亲戚们留着住了十多天。回深圳后的那个周六，他没有在小区球场上看到杜兰特。星期天，杜兰特还是没有来。乔丹有些纳闷，他问哈登："你知道杜兰特吗？"

哈登看着乔丹："是不是那个穿35号球衣的小子？"

"嗯。"

"前几天，他和一帮小子干了一架。三个人揍他一个，鼻子都被打破了，血糊得满脸都是。要不是被我们拉开，估计会被打得更惨。连警察都来了。"

"他们为什么打他？"乔丹心里咯噔一下。

"打球打得好好的，不知道怎么就吵起来了。只听到他们骂他妈妈不正经什么的。"哈登说。

一整个下午，乔丹精神都有些恍惚。他忘了为场上的漂亮进球喝彩，也懒得去捡场边地上的矿泉水瓶。接下来几天的晚上，他等在小区的大门边，手里提着一只篮球，球和网兜都是新的。小区有三个大门，他轮换守着，直到第三天晚上，才看到背着书包的杜兰特。乔丹向杜兰特招招手，少年犹疑着，朝他走过来。

"我买了一只新篮球，送给你。"

"送给我？为什么？"杜兰特脸上的伤口结着痂，这让他的表情看上去既古怪又滑稽。

"这样你就不用等我了，想什么时候去球场打球都行，想和谁打都行。你基础不错，好好练，以后会比我打得好。"

杜兰特看着乔丹，还是有些吃惊，似乎不敢相信这是真的。

"你拿着吧。球不贵，我卖两个星期水就能赚回来了。再说，我还有退休工资。来，看看气够不够。"

乔丹把网兜塞到杜兰特手上。少年这才拿出球，一只手托住，另一只手转动篮球，按了按，又把它抛起来，接住。少年的眼里有亮亮的光芒在闪动。他小心地在地上拍了拍球，即兴表演起背后运球、胯下运球、转身运球等动作。

"这球手感真好。谢谢您啊，爷爷。"杜兰特笑了。他抿着嘴，眉毛弯弯的。

"不用谢，你喜欢就好。"乔丹脸上的皱纹也舒展开来，像是刚刚投进了一个三分球。

周六的早上，乔丹推着车来到球场，杜兰特已经在练球。少年朝他笑了一下，放下篮球，走过去，要帮忙摆水，被乔丹阻止了。少年只好又回到场上，继续练球。乔丹一边热身，一边看着少年投篮。新篮球似乎很顺手，杜兰特站在零度角，一连投了十个中距离，竟然中了九个。少年眉开眼笑，看上去，打架事件的阴霾好像已经消散了。

到了中午，大家陆续散去，球场上又只剩下杜兰特和乔丹。乔丹收拾水摊，杜兰特放下篮球，绕着球场，把散落在地的空瓶子一个个踩扁、捡起来，用胳膊兜住，送过来，装进乔丹的推车。做完这些，少年站在乔丹面前，挠起了头皮。他看着乔丹，欲言又止。乔丹等待着，他不知道少年想说什么。

"谢谢您送我篮球。我妈妈想……想请您今天晚上到我家吃顿饭，可以吗？"说出这句话，少年像是卸下了一副重担。

乔丹有些意外。想起哈登的话，他有些犹豫。但少年的目光真诚而热切，让他没法拒绝。

"一个篮球而已，你妈妈太客气了。你家住哪一栋？几单元？"

"11栋，三单元405。这么说，您答应了？"杜兰特的眼神瞬间变得快乐起来。

"嗯，我下午六点钟来。跟你妈妈说一下，别做太多菜，够吃就好。"

下午，乔丹不到五点钟就收了摊。平时，他要等到天黑下来，打球的人都散了，才会推着车回家。他不爱待在家里。女婿霍华德是个程序员，经常要加班，就算在家，也不怎么说话。女儿麦迪不上班，主要工作是带孩子，一有空，就做美容、追剧、看综艺。乔丹不爱看那些甜到发腻的连续剧，只喜欢看 NBA 的球赛，但电视机不是被艾弗森霸着，就是被麦迪拿着遥控器，很少能轮到他做主。乔丹感觉自己是家里多余的人。他到家的时候，和往常一样，艾弗森在看动画片，麦迪在刷手机——艾弗森是麦迪的儿子。乔丹跟麦迪说自己晚上去外面吃面，让他们不要等他。霍华德是南方人，家里的主食都是米饭，馋面食的时候，乔丹就自己去外面的面馆，吃完面，在小区溜达一圈，再回来。乔丹说完，麦迪只是动了一下眉毛，"嗯"了一声，似乎表示她已经听到并且批准了乔丹的请求。

乔丹洗过澡，换了衣服。他本来已经穿好球鞋，想想，又脱了，在鞋柜里找出过年时才穿的皮鞋，穿上。

来深圳三年，乔丹还是第一次去别人家串门。走到 11 栋三单元门口，他又觉得这样空手登门拜访不好，便出了小区，到超市买了几样水果，提上，往杜兰特家而来。

3

乔丹在走道上敲门。405 没有动静，隔壁 404 的房门倒是开了。一个小老太太从里面探出头来，满脸狐疑地打量着乔丹。

"你找谁？"

"找杜兰特。"

"哪个杜兰特？"

乔丹想了一下，觉得没必要告诉她，就把目光收回来，继续敲门。门还是没有开。乔丹疑心自己走错了单元，下楼，来到单元大门口，门楣上赫然用油漆写着"三单元"。他心里纳闷，又走上来，继续敲门。404的小老太太仍然扒着门框，看着乔丹。这时，杜兰特手里提着一瓶白醋，气喘吁吁地出现在楼梯上。

"您等了很久吧？我去买东西了，我妈在做饭，她可能没听到，不好意思哈。"少年一边掏钥匙开门，一边同乔丹说话。

杜兰特家的房子并不宽敞。客厅里看上去满满当当，但也无非是几样简单、普通的家具。屋子里整洁、朴素，萦绕着一种居家过日子的气息，让人觉得踏实和亲切。只有墙上挂着的几张 NBA 球星杜兰特的照片，像是这户人家不多的奢侈品。杜兰特的妈妈听到了外面的动静。她打开厨房门，一股好闻的饭菜香味儿从里面飘出来。她系着围裙，脸上红扑扑的，洋溢着热情的笑容。

"您好。杜兰特跟我说起过好多次了，说小区球场有个爷爷，球打得好，人也好。我家条件艰苦，您多担待点儿。饭马上好，您先坐会儿，别客气，跟在自己家一样就成。"

杜兰特妈妈说话声调柔和、不疾不徐，让人听着舒服。乔丹点点头，说了几句客套话，就在沙发上坐下来。他已经在心里给她取好了名字：欧文。杜兰特给乔丹倒好水，又削起了水果，欧文继续在厨房忙活。透过玻璃门，乔丹能看到她的背影。欧文应该有四十岁了，乔丹刚才留意到，她的眼角已经有了鱼尾纹。但她的身材依然保持得不错，脑后不时跳动的马尾辫让她更显年轻。乔丹又想起哈登上次说过的话。那几个小子也真不学好，小小年纪就学会了造谣八卦。下次要是再看到杜兰特被他们欺负，恐怕该给这些崽子们点颜色看看了。想到这里，乔丹屈起胳膊，悄悄捏了捏自己的肱二头肌。

欧文做了五个菜：白灼虾、莴苣腊肉、葱花炒蛋、糖醋黄花鱼、蒜茸青菜，还有一道莲藕排骨汤。菜都端上桌，欧文解了围裙，从冰箱里拿出一瓶红酒，招呼乔丹落座。乔丹在屋子里扫视了一圈，说："我还不饿，再等等吧。"欧文的脸上闪过一丝诧异，但她似乎马上明白了什么。"不用等了，我们家只有我和杜兰特两个人。他爸不争气，我和他离婚了。"欧文依然笑着，若无其事的样子。乔丹却有些惭愧，仿佛自己一不小心戳到了别人的伤疤。

杜兰特开了红酒，拿来三只杯子。欧文首先站起来，举杯，和乔丹碰了，说："叔，谢谢您给杜兰特买的篮球。两个月前，他从他爸那儿搬来我这里，一直想要一个球。他爸指望不上，我也没给他买。这孩子心大，我怕他又弄丢了。当然，更主要的是我不舍得。便宜点儿的，他看不上。贵一点儿的，我买不起。两百多块钱，够我们家一个星期的生活费了。您这是雪中送炭，我得敬您一杯酒。"乔丹说："言重了言重了。这孩子是真心喜欢篮球，天分也好，自己有个球，练起来也方便。至于我嘛，买只篮球而已，不是啥大事，你就别太客气了。"杜兰特也给他敬了酒。

几口酒下肚，乔丹脸色泛红，脑细胞也变得异常活跃。他又想起了前几天哈登说过的话，趁着酒劲儿，他悄悄打量了几眼欧文，越看，越觉得她端庄、清秀，说话也温柔、中听。他想问问欧文，她为什么要和杜兰特的爸爸离婚，但话到嘴边又咽了回去。

都是家常菜，乔丹却吃得津津有味——女儿麦迪的厨艺也不差，但他从来没有吃到过这么可口的饭菜。尽管是第一次来杜兰特家，乔丹却不拘谨，甚至比在麦迪家还要放松。他们边吃边喝边聊天，气氛相当融洽，以至于乔丹一度产生一种错觉，以为自己是在女儿家里，一家人正在共进晚餐，相谈甚欢。乔丹不善饮酒，欧文给他斟了两杯，此后便不再多劝，只是给他夹菜、盛汤。最后，三个人把菜吃完了，汤喝光了，只有酒还剩下大半瓶。

乔丹很久没有在晚上吃过这么饱了。他摸摸肚皮，打着饱嗝，由衷地对欧文说："你做的菜真好吃。要是天天这样吃，我怕是会胖得打不动篮球了。"杜兰特这时去了厕所，欧文正在收拾碗筷。听到乔丹这样讲，她抬起头，说："叔，您说的要是真心话，以后只要方便，随时都可以来我家吃饭。反正，我也没有工作，天天在家里，有的是时间。只是，我怕您不敢来。"说完，她咯咯笑了。刚喝过酒的欧文脸颊绯红，这一笑，便从端庄里透出几分妩媚，让乔丹看得心头一颤。乔丹移过目光，心里在想：她为什么这样讲？

　　欧文在厨房洗碗，杜兰特开了电视，调到体育频道，刚好在重播 NBA 的比赛。他们马上被吸引住，一边看节目，一边对球星的表现评头品足。欧文忙完，给他们端来水果和瓜子，然后坐在一边，看这一老一小两个球迷一会儿拍掌欢呼，一会儿跺脚叹气。她的眼神里，开始有一些如梦似幻、如霭似雾的东西在流动。

　　看完 NBA，已经晚上九点多，乔丹要回家了。欧文留了他的电话，执意要送他下楼。门一打开，404 房的那个小老太太把头探出来，又缩了回去。在单元门口，乔丹让欧文留步，两个人道了别。刚走出几步，乔丹又听到欧文在身后喊他。他转过身来，听到她说："叔，记住我说的话，以后只要有空，您都可以来我家吃饭。"乔丹点点头，又朝她挥了挥手。路边，传来一阵不知名的花儿的香气，天上一轮硕大的月亮，又圆又亮。乔丹忍不住哼起了一支小曲儿。

4

　　从这一天开始，几乎每个周末，欧文都会让杜兰特请乔丹到家里吃饭。乔丹也不客气，每次去，他不是拎着一包菜，就是带上几斤肉，有时候甚至还会扛上一包大米、捎几把面条，不像是客人，倒像是出门几天后回到自己家里的男主人。乔丹、杜兰特和欧文一起吃饭，一起看 NBA，他们的谈笑声溢出了屋子，飘到了外面的走道和楼梯。

乔丹一般是去杜兰特家吃晚饭。那天中午，欧文给他发来短信，说今天买到了蚕豆，让乔丹去她家吃饭——乔丹特别喜欢吃她做的卤蚕豆。杜兰特中午不回家，乔丹不免有些犹豫。欧文又打电话催了一次，乔丹不忍拂她的好意，还是去了。他到的时候，饭菜还没有好，便转到阳台上，给窗台上的花儿浇了水，摘去一些黄叶，还用小铲子给花盆松了土。等饭熟了，又帮欧文擦桌子、端菜，接着，两个人有说有笑地吃起来。除了少了杜兰特，一切都和以往没什么不同——如果一定要说有什么不同，那就是欧文那天似乎化了淡妆，身上有一股淡淡的清香。

吃完饭，乔丹帮着欧文收拾碗筷。乔丹说，蹭了这么多次饭，我还没有洗过一次碗，今天就让我表现表现吧。说着就跟着欧文进了厨房。欧文说，两个人的碗，我几分钟就洗完了，不用你出手。厨房哪是你们这些大老爷儿们待的地方。乔丹不肯，欧文就把他往外推。争执中，欧文的胸脯碰到了乔丹的身体，乔丹感受到一种突如其来的温热和战栗。欧文脸红了。她退后一步，不自然地整理了一下衣领，又抓起乔丹的手，说，你这手是打篮球的，不是洗碗的。看看，都有茧子了。我天天洗碗做手工，也不像你的手，这么粗糙。

乔丹被欧文摁在沙发上看电视。这个时候没有球赛，乔丹看得兴味索然，一阵困意袭来，竟不知不觉睡着了。醒来时，他发现身上盖着一件外衣，外衣上留着女人的体香。他一个激灵，扭头四顾，并没有看到欧文。他拿起茶几上的手机，发现手机下面压着一张纸条：叔，我在午睡。您要是醒了，可以先走。乔丹看了一眼欧文的房间。房门半开着，里面似乎传出欧文的小呼噜。他突然很想看看睡着了的欧文是什么样子，就像他看小时候的麦迪睡觉那样。他站起来，把外衣叠放在沙发上，悄悄向房门走了几步，又停了下来——他突然为自己的举动感到羞耻，恨不得扇自己几个耳光。最终，乔丹带着几分留恋，走出了欧文的家门。隔壁的那个小老太太，又把头探了出来，好像她随时都在窥探着乔丹一样。

乔丹这段时间心情不错，有时还会在楼道里吹上几声口哨。他的快乐似乎引起了麦迪的注意。一天晚上，乔丹刚到家，麦迪就问他："爸，你怎么这么晚才回来？去哪里吃饭要这么久？"麦迪脸上敷着黑色的面膜，乔丹看不到她的表情。他想告诉麦迪自己去了杜兰特家，但又感觉这会给自己带来麻烦，于是随口回答："路上遇到了一个球友，在小公园聊了会儿。"麦迪说："是吗？但是我怎么听说，你老是去一个邻居家里送温暖？"这让乔丹很有些不自在。他问麦迪："你是听谁说的？我是去邻居家了，但这又有什么？以前在老家，大家还不都是相互串门。"麦迪说："你要是去别人家，我不反对，但那个女人不一样。她名声不好，她老公就是因为她和别的男人不干净，前几年和她离了婚。你来深圳时间不长，有些事还不清楚。以后还是不要去了，省得别人说闲话。"乔丹有些火了："说闲话？我一个老头子，能让别人说什么闲话？再说，他们说我的闲话，跟你们有什么关系？你现在怎么知道关心我了？"麦迪的声音软了下来："爸，他们说起老人的闲话来，怕是更难听呢。再说，我还不是怕她勾引你？你别不信，我这是为你好。"乔丹简直有些怒不可遏了："勾引？我有什么值得人家勾引的？告诉你，你别咸吃萝卜淡操心！"说完，他看也不看麦迪，就进了自己的房间，把房门摔得震天响。

5

很快，乔丹就领教到了麦迪所说的"闲话"。星期一早上，在场边休息时，安东尼凑到他的水摊边，一脸神秘地问："老乔啊，听说你最近交了女朋友？"乔丹一时没反应过来，一脸茫然。安东尼接着说："你行啊老乔，老牛吃嫩草。场上打球的那个，戴维斯，以前也尝过那一口……"安东尼还没说完，另外的几个人就笑了起来。乔丹这才明白过来。他脸色一变，站起身来说："你在说什么？要是敢再传这样的瞎话，别怪我跟你翻脸！"安东尼讪笑着："你看你老乔，我不就是开个玩笑嘛，急个啥？算了算了，不说了。"安东尼边说边悻悻走开了。一个上午，乔丹心里都堵得慌。

一连十多天，乔丹都没有去杜兰特家。周六早上，他和杜兰特又在球场相遇。少年依然生龙活虎，乔丹却有些不在状态，以至于他带的队连着输了好几场球。

中午分手时，杜兰特对乔丹说："爷爷，妈妈让我请您晚上来吃饭，您要来吗？"

"哦，我今晚有事，不去了。帮我跟你妈妈说声谢谢哈。"乔丹硬着心肠说出这句话。他故意不看少年，专注地收拾水摊。

杜兰特的眼里流露出一丝失望。他咬着嘴唇，望着地面。过了几秒钟，少年抬起头来，看着乔丹。

"爷爷……今天是我妈妈的生日。"

乔丹愣了一下。"哦。"他沉吟了一下，说，"这样啊。那我再看看，争取晚上去你家。"他看到少年的眼里又射出了火花。

"好的，爷爷再见。我们等您哈。"少年提着网兜，步伐轻盈地走了。

乔丹去幸福西饼店订了一个蛋糕。要不要给欧文送一件生日礼物？在她家吃了这么多次饭，除了捎过一些菜米油，还没给他们买过其他像样的东西，说起来真是惭愧得很。送什么合适呢？乔丹费尽了思量。最后，他决定给她买一支护手霜。欧文成天在厨房忙活，这东西应该能派上用场。下午，乔丹没有去球场出摊，而是坐车到附近的购物中心，转了好几个化妆品柜台，终于选好一款标价666元的护手霜。他觉得，欧文应该会喜欢它。

从购物中心回来，乔丹取了蛋糕，径直去了杜兰特家。这时还不到四点，杜兰特和欧文在客厅里加工从附近工厂接来的塑料串珠。欧文接过乔丹手上的东西，说："叔，就是请您来吃顿饭，咋还带这个呢？我们家过生日都不兴买蛋糕的……这又是什么呀？"乔丹拆开礼品盒，拿出那支护手霜，双手递过去，说："给你买的小玩意儿，不贵。也不知道合不合用。"欧文拿过护手霜，举在眼前看了看，像是在珠宝店里挑选钻石。她放下护手霜，眼里似有泪光闪烁。接着，她又转过身去，用手背在脸上抹了一把。

"叔，您人真好。这么些年，还没有谁真正对我们母子俩这么好过……"欧文说。

欧文这个样子，让乔丹心里的某个地方隐隐地疼了一下。

6

这晚，乔丹照例和杜兰特看了NBA，回到家时将近十点了。一进门，麦迪和霍华德都盯着他。他们没有看电视，也没玩手机，像是在专门等他回来一样。乔丹觉得家里的气氛有些沉闷，也有些怪异。

"爸，你又去那个女人家了？"麦迪先开了口。

乔丹点了点头。

"我都说得那么明白了，难道你还听不懂？你都一把年纪了，怎么就这样不明事理呢？你不怕别人说闲话，我和霍华德还怕。你这样子，还让我们以后怎么在这里生活……"麦迪从沙发上站起来，声音猛然提高了几度，像是压抑了许久的火山终于爆发了一般。说着说着，她竟然抽泣起来。一旁的霍华德拉着她的胳膊，神情很是尴尬。

乔丹没有想到麦迪会有这么大的反应。他站在当地，铁青着脸，一言不发。

"爸，我早就叫你别去打球，年纪大了，打球太危险。也别去卖水，家里哪儿还缺你这点钱？你就是听不进，现在倒好，被那个女人缠上了。你要是觉得孤单，想找个正经女人做老伴，我们也支持。但是那个女人不合适，既不可能，也不现实。答应我，为了我和霍华德，也为了艾弗森，这段时间你就不要出门，别去打球，也别去卖水，更不要去找她，好不好？像她那样的女人，只要你过一段时间不理她，她就会去找别人的……"

"说够了没有？我告诉你，我不想找什么老伴。如果可能，我倒是想找个女儿。我可以不出门，也不去她家，但是如果让我再听到你们这样说她，我就偏偏去找她，不信试试看！"

说完这些，乔丹觉得痛快了许多。他看也不看他们，走进自己的房间。过了一会儿，霍华德在外面敲门，说是想和他谈谈心。乔丹没有开门。他知道霍华德要说什么，也不想让他掺和这件事。他已经下定了决心。

乔丹果然没有再出门。他有时在阳台上眺望远方，有时逗逗艾弗森养的两只小兔子，有时在房间里练练臂力器，自己和自己下几盘象棋，有时什么也不干地呆坐着。似乎是为了弥补什么，这些天里，麦迪有点女儿的样子了。她有时主动和乔丹说说话，偶尔还从艾弗森手里夺过电视遥控器，把它交给乔丹，甚至让乔丹教她下棋，方便她陪他对弈。但乔丹都是一副无可无不可的样子。家里再没有人提起欧文，仿佛她已经从这个世界上消失了。

欧文好像感觉到了什么，这段时间很少联系他。这天，她给乔丹发来短信，说杜兰特已经有好长时间没有在球场上看到他，问他最近是否还好。乔丹不知道怎么回她，只好说自己身体不舒服，没法出门打球。欧文又问他哪里不舒服，为什么不去医院。乔丹说，是以前打球留下的老伤，没啥大碍，在家静养一阵子就行了。欧文让他多休息、注意营养，如果有啥想吃的，只管告诉她，她会给他做。乔丹心头一热，但还是狠狠心，没有再和欧文说下去。

星期天，乔丹一个人在房间下象棋。外面有人敲门，麦迪去开门。出现在麦迪面前的是一个黑瘦的少年，手里提着一个纸盒，说是要找乔丹。麦迪问他叫什么名字，对方说叫杜兰特。麦迪说家里没有人叫乔丹，说着就要关门。少年急了，用手里的盒子抵住门，说，乔丹爷爷说他就住在这里，不会错的。

少年的声音变得高亢，乔丹在房间里听到了外面的响动。他开门出来，一眼就望见了杜兰特。被拦在门外的少年脸涨得通红，听到乔丹喊他，眼泪扑簌簌就往下流。乔丹还是第一次看到杜兰特流泪。他瞪了一眼麦迪，说："快进来，杜兰特。好久没和你打球了，我还真有点儿想你。"杜兰特说："我妈妈说您病了，给您买了点营养品，让我送给您。"乔丹说："谢谢你们。你先进来，我要跟你一起看 NBA。"少年把盒子搁在进门处的过道上，说："我还要回去写作业呢，就不进去了。您要早点儿好，我还等着和您一起打球呢。"少年对乔丹笑了一下，黝黑的脸上挂着两道泪痕。他朝乔丹挥了挥手，转身下楼了。

7

一个多月过去了。乔丹像是一头被困在笼里的狮子，烦闷、焦躁，又无可奈何。他感觉自己全身的骨头都生锈了，身体也日渐消瘦，在麦迪的体重秤上一称，果然掉了十多斤。他对麦迪提出想回老家住一段时间。麦迪说："家里的房子都卖了，你总不能天天住亲戚家吧？就算有地方住，这个时候回老家，不年不节的，家里的亲戚们会怎么想？他们肯定会说我们对你不孝顺。你要是想散散心，我给你报个夕阳红旅行团，出远门旅游一趟，怎么样？"乔丹说："旅游个屁。再这样下去，你就等着把我送到精神病院吧。"麦迪吃了一惊。她看了看乔丹，说："爸，好端端的，你说啥呢？你要是想打球，就去打吧。只要你别去那个地方。"

星期六早上，乔丹换好球衣，提上篮球，来到球场。他没有推小推车，球场上也没有杜兰特。长时间没有运动，乔丹体力不支，只打了几场，就早早坐到了场边。到了十点，杜兰特还是没有出现。乔丹心里纳闷。问哈登，哈登说，他这两个星期都没有看到杜兰特。乔丹看他们打球一直到十二点，也没有看到杜兰特。一整天，乔丹都心神不宁。第二天早上，球场上还是没有杜兰特的身影。杜兰特没有别的朋友，没有人知道他为什么不来打球。在从球场回去的路上，乔丹给欧文打了个电话。他问：杜兰特没有什么事吧？我这两天都没有看到他。欧文说：叔，他以后不会在这里打球了。下星期，我们就要搬家了。乔丹问：你们为什么搬家？要搬到哪里去？欧文说：叔，要不您今天过来吃午饭吧，算是我们在这里请您吃的最后一顿饭。乔丹想了想，说：好。

你们等我。

　　洗过澡、换了衣服，乔丹准备出门。在他穿皮鞋时，麦迪说："爸，饭熟了。你这是要去哪里？"乔丹抬起头，把胸脯一挺，说："腿长在我自己身上，爱去哪儿就去哪儿，你要跟我一起去吗？"麦迪一时不知道怎么接话，等到乔丹走出门了，才想起来对着他的背影说："爸，记得早点回来！"乔丹连头都没有回一下。

　　正午时分，欧文家的阳台上落满了阳光，客厅里显得分外明亮。欧文做了一桌子菜，看上去，就算再来三个人也吃不完。杜兰特只是低着头吃菜，不怎么说话，屋子里的气氛有些压抑。欧文仍然笑着，给乔丹斟酒、夹菜。乔丹端起酒杯，和少年面前的杯子碰了一下，说："来，杜兰特，咱俩喝一个。开心点，只要你们还在深圳，以后就还有机会一起吃饭、打球。"杜兰特抬起头，举起杯，把杯里的酒一饮而尽。也许是酒喝得太急，他被呛出了眼泪。乔丹也喝了一口，眼里不觉起了雾。他看了一眼欧文，欧文也在看他。

　　欧文说："叔，我们把房子租出去了，到另外一个小区租了房子。那里的房子小，位置也偏，一个月下来能赚快两千块的房租呢。"乔丹说："你是为了省房租才搬家？有什么捱不过去的难处，可以跟我说说唯。"欧文看了一眼杜兰特，说："叔，我知道您是个好人。家家有本难念的经，您自己也有难处。都说救急不救穷，您就算能帮我们，也不能帮一辈子呀。再说，我知道自己是什么人……"乔丹觉得自己血管里的血直往上涌，一时竟有些眩晕。欧文发现了他的异样，站起来，扶住他的肩膀问："叔，您怎么了？"乔丹无力地摇摇头，说："没事，可能是多喝了几口酒。我吃好了，杜兰特，你扶我到沙发上躺一会儿吧。"欧文搀起他的胳膊，说："我来吧。杜兰特，你去买个西瓜回来，给爷爷解解酒。"

乔丹闭着眼睛仰靠在沙发上。欧文端来一杯茶，把它捧到乔丹手里，说："叔，您先喝杯茶。已经凉过了，温度刚刚好。"乔丹的眉毛跳了一下，但他的眼睛依然闭着。"叔，谢谢您对我们娘儿俩的照顾。说实话，要不是您，我和杜兰特说不定早就搬走了。除了您，这个地方没有什么值得留恋的。"乔丹手里的杯子在颤动，茶水从杯子里溢出来，洒到地板上。这时候，如果乔丹能睁开眼睛，一定能看见欧文的眼里已经噙满泪水。欧文接着说："叔，您会不会和他们一样，看不起我？"乔丹没有说话，手里的杯子仍然在颤动。欧文说："叔，我知道您没有喝醉。您要是没有看轻我，就把眼睛睁开，好让我知道。"

墙上的挂钟嘀嘀嗒嗒，像是他们的心跳。欧文有些不敢看乔丹的眼睛，但就在那一刹那，他的眼睛忽然睁开。乔丹的目光里似乎有一股巨大的力量，欧文被推得倒退两步，碰倒了茶几边沿的塑料小篮，半篮珠子像断线的瀑布一样倾泻到地板上，转眼间滚得满屋都是……就在这时候，敲门声响了起来。

8

乔丹突然不再打球了，他只在球场边看球、卖水。大家都觉得奇怪，有人问他怎么戒球了，他只笑笑，不说话。

那一天上午，有一位少年过来买水。乔丹已经注意他好一会儿了。少年大约有一米七的样子，瘦，但是有着结实的肌肉。扫过码拿了水，少年转身要走，乔丹忽然朝他招招手，少年又站住了。

乔丹用神秘的口吻，一字一顿地说："我给你取个名字，叫杜兰特，好不好？"

冷月光

1

贵贞从来没有想过，自己有一天会去开别人家的门锁。

贵贞住在802，801在隔壁。那天中午送小顺上学回来，她心里还在想着便桶的事，掏出钥匙开门，却插不进锁孔。她不知道哪儿不对劲，一抬头，看到门框上面的房号"801"，才知道自己开错了门。

8楼是顶楼，只有两套房。贵贞住到四季花园小区以来，不管上楼、下楼还是去天台晾衣服，从来没见801开过门，也没听到里面传出过响动。平时，大宝和杏芝出门上班，小顺也去上学了，8楼人迹罕至，显得又空旷又安静，大白天的，贵贞都感觉瘆得慌。贵贞觉得奇怪，向大宝打听情况，大宝说："隔壁没住人。我们搬来三年了，都没见过邻居长啥样。"贵贞有些不能理解："深圳的房子这么贵，空着不住不心疼啊？"大宝说："心不心疼，得看什么人。听他们说，以前有些香港人在这里养二奶，后来散了，二奶也嫁了人，房子就一直空着。"贵贞又问："啥是二奶？"大宝想了想，说："和小老婆一个意思吧。"贵贞说了声"真是作

　　　　　　　　　　　　纪念日

孽"，没有再问。

贵贞走回 802，想了想，又踅到 801 门口，眼睛贴住门上的猫眼，努力往里瞄。当然看不到什么。她不甘心，又试图把钥匙插进锁孔，连试了好几次，都是徒劳。她抓住门把手，左右转了几下，把手纹丝不动。贵贞停下来歇口气，拍了拍手上的灰尘，脑子里忽地冒出一个想法，心脏不觉怦怦直跳——这想法太大胆、太突然了，她差点儿被自己吓到。

贵贞开门走进家里，坐在沙发上，捂着胸口，想让心跳缓下来。过了一阵子，她慢慢下楼，拐进小区外面那间挂着"开锁"招牌的五金商店。一位年轻的店员正坐在柜台里玩手机。

"小伙子……我家大门的钥匙丢了，想……想换一把锁。你们这里能换吗？"

"当然能换。你先看看你家门上装的是哪种锁，挑好了我让师傅跟你去。"

"多少钱啊？"

"看你是什么锁，锁不同，价钱也不同。放心，本店童叟无欺，不会多收你钱的。"

店员拿来七八种锁具放在柜台上。贵贞挨着看了，拿起其中一把。小伙子抄起手机，打了个电话。贵贞付了钱，在柜台边等了几分钟，一个背着工具包的矮胖中年男人在对面马路上扯着嗓子朝这边喊："谁要开锁？要下雨了，搞快点。"店员说："老人家，你去吧，把锁拿上。"

师傅三两下就把锁捅开了，几乎没费什么力气。贵贞感觉呼吸有些发紧。她轻轻拉开 801 的房门，一股浓重的霉味争先恐后从门后涌出来，有什么东西扑进鼻腔，让贵贞忍不住打了个喷嚏。她走进屋子，站在进门处的过道上，用身体挡住师傅的视线。这个单元阳台朝北，加上天阴，光线昏暗，师傅并不能把屋子里的情况看得太清楚。他瞥了一眼贵贞，脸上似有狐疑之色。贵贞回身看了一下阳台，催促说："快下雨了，麻烦师傅快点，免得回去的时候淋雨。"

新锁装好了。师傅把钥匙交到贵贞手上，背起工具包。贵贞拿出二十块钱递过去，师傅也不客气，把钱接了，装进裤兜。转身下楼时，他表情严肃地对贵贞说："阿姨，我是看你这么大年纪才帮你开的锁。今天的事，你莫对别人说起，一定记得啊。"贵贞连连点头，一直看着他的身影消失，才打开自家的房门，走进去。

那天早上，贵贞买菜回来，打算把房间里的便桶倒掉，但她并没有在双层床下摸到便桶。她心里一惊，以为是自己不小心把它弄翻了，又把头探到床下往里看，除了小顺的拖鞋，床下面只有一支落满灰尘的铅笔。

房间不到十平方米，整套房子也只有五十多平方米，想藏一样东西，比偷一样东西都难。但是贵贞把家里的角角落落都找过了，还是没有看到便桶的影子。毕竟是一只便桶，它还能去哪里？她基本上能够断定，便桶是被杏芝丢了。

杏芝对婆婆在家里放便桶一直很有意见。三个月前，大宝把贵贞接到深圳，刚来没几天，贵贞就在小区旁边的市场买了一只红色带盖的便桶，悄悄拿回了家。第二天晚上，卫生间被杏芝洗澡占住了，贵贞一时内急，实在憋不住，就在便桶上解决了。杏芝的鼻子比狗还灵，她一从卫生间出来就发现了异样。循着气味，杏芝很快就在婆婆和儿子的房间里找到了异味的来源。她捂着鼻子，指着床下说："妈，这是你干的？味儿太重了！这是深圳，不是乡下，谁还在家里放这种东西啊！"杏芝是县城长大的姑娘，有洁癖，但贵贞没想到她的反应这么大。她不知道该怎么解释，像是做贼被人抓赃了一般，脸上有一团火在烧。正在客厅看电视的大宝听到动静，走过来看了看，把杏芝拉去了客厅。贵贞听到他说："家里只有一个卫生间，咱这破小区又没有公共厕所。妈做过结肠手术，经常要解手，这不是没办法的事嘛。再说，她在农村待了一辈子，有些习惯一下子改不过来，需要时间来适应，咱们多理解一点。"杏芝没有再说什么。

贵贞以为这件事就这样过去了,没想到到底还是有这么一天。她坐在床上抹起了眼泪。她想回老家,但又不知道该怎样跟大宝提出来。大宝问起来,难道要跟他说是因为杏芝把便桶丢了?这不是在给儿子出难题吗?要是大宝因此和杏芝闹矛盾,那就更是罪过了。想到这里,贵贞心底的委屈又变成了自责。她恨自己的身体不争气:要是能像别人那样忍一忍,何至于非得在家里放上一只便桶?

2

第二天,雨过天晴。上午,贵贞买了菜,择好,把家里拾掇妥了,揣着801的钥匙走出屋子。楼道里和往日一样安静,虽然知道这个时候不会有人上楼,但贵贞还是在门口等了一会儿。直到确定此刻再没有别人,她才掏出钥匙,打开801的房门,走进去,又轻轻关上。

屋子里是她想象中的样子。天花板和墙角的蛛网纵横交错,所有物品都被积聚的灰尘掩盖了本来面目,她只能根据它们的形状和自己的生活经验,才能猜出大致都是哪些东西。进门处的墙上有一排开关,她挨着按下去,屋里的灯亮了起来,光线惊扰了一些细小的灰尘,它们纷纷在空气里舞动,像是在欢迎久违的造访者。

贵贞捂住口鼻,打量起屋子里的陈设。和802比起来,除了方位不同，801的布局完全一样。屋里的灰尘味道呛人，贵贞一迈步，就会在地上留下足迹。她饶是轻轻抬脚慢慢落下，身后仍然跟了一串脚印，像是长长的尾巴。卫生间里没有那么多灰尘，贵贞想把窗户打开，开到一半，发现它正对着隔壁单元邻居的厨房，又很快关上了。她想看看屋子是否通水，便试着拧开洗脸池的水龙头，一股水流欢快地淌了出来，像是被关了很久的囚犯。在这无人居住的屋子里，哗哗的水流声听上去格外突兀。贵贞赶紧把水龙头关上，取下沐浴架上的花洒，把马桶盖、洗手台、地面冲洗一遍。做完这些，她便迫不及待地解开衣服，坐上马桶——真是舒服！

解完手，贵贞在801的每个房间挨着转了一圈，除了卫生间，她把屋子里所有能开的窗户全部打开了两指宽的缝隙。刚过十点，离小顺放学还有一段时间。贵贞索性找到几样工具，在房间里搞起了卫生。屋子里一时灰尘弥漫，贵贞的头上、脸上、脖子里、衣服上、鞋面，很快便全是尘土，简直成了一个灰人。她掏出手机看看时间，已经十一点半，该回去给小顺做午饭了，这才匆匆收手。出门之前，她从大门上的猫眼里观察一番，确认外面没人，这才开门出去。回到家里，她照了照镜子，发现自己身上脏得不行，又赶紧洗澡洗头换衣服。刚收拾好，小顺就在外面敲门。贵贞把小顺放进来，又着急忙慌地到厨房忙活。

等到菜炒好饭煮好，午饭已经比平时差不多晚了半个小时，小顺直喊肚子饿。

日子匆匆流过。时间似乎抹去了一切印记，那只红色的带盖便桶像是从来没有出现过，再也无人提起，连贵贞自己似乎也把它忘记了——她已经用不着便桶了。偶尔遇到家里的洗手间被占用，她就悄悄拿上钥匙，趁着无人注意，打开801的房门，舒舒服服地坐到她的专用马桶上。不但马桶是专用的，连卫生间、整套房子，都归她专用。只要贵贞愿意，她想在这里待多久就待多久。周一到周五的白天，家里只有贵贞一个人，她也喜欢去801看一看。有时，就算没有便意，她也要带上一块抹布，或者一卷纸巾，到801登门拜访，就像是到一个相识多年的老邻居家串门一样。在一些大晴天，她等到大宝、杏芝和小顺上班、上学了，从801拿回一些床单被褥到自己家里，放进洗衣机里洗干净，再送到楼顶天台晾晒。下午，在小顺放学之前，又把晒干的被褥收回801。后来，该打扫的打扫了，该清洗的洗过了，实在没有什么要做的，贵贞还是喜欢往隔壁跑。她有时站在窗户后面悄悄打量邻居家的动静，有时发一会儿呆、抹一把眼泪，有时候自己跟自己说一会儿话。她甚至还从自家的七八盆绿萝中端来一盆放到801客厅的餐桌上，有了这盆绿萝，这座屋子像是突然有了灵魂，也增添了不少生气。这一切，贵贞自认做得神不知鬼不觉。

纪念日

这段时间，贵贞总有一种神秘的亢奋感，感觉自己像是一个突然暴发的百万富翁。可不是百万富翁么？小区大门口中介中原地产营业部的玻璃墙上贴满了卖房广告，贵贞留心看过，最便宜的一套房子也要250万元。儿子媳妇在深圳打拼了快二十年，也只能贷款买这样一套小房子，而自己轻轻松松就得到了它，一想到这一点，贵贞就会把自己吓上一跳。更多的时候，她的心里会涌上来一些不安：大宝和杏芝在深圳遭了多少罪才勉强买得起只有一个卫生间的房子，她什么都没做，却独自占着这样一套房子。这不是不劳而获吗？太不公平，太不合理了。每当这时，贵贞就拼命按捺住想要去隔壁的冲动，她觉得自己有些不配过这样的生活：凭什么你可以一个人拥有一整套房子？

贵贞已经有好几天没去801了。这个下午，她无事可做。下楼丢垃圾时，正好碰到一个年纪和她差不多的老太婆在垃圾桶里捡废品，她往自己的垃圾袋里看了看，从里面挑出两个小顺喝过的饮料瓶、两块纸皮送给了拾荒者，又站在旁边看她怎样翻找垃圾，怎样整理废品。然后，她去小区的中心广场上溜达了会儿，看一群大妈排练扇子舞。跳舞的大妈们忸忸怩怩、动作走样，并不是很吸引她，但她很喜欢她们身上穿着的衣服。这些服装颜色艳丽、造型夸张，让贵贞想起了老家过年的场景。以前老家过年多热闹！划旱船、舞狮、踩高跷、办庙会，划旱船的演员也是穿着这样的衣服，脸上的表情欢乐喜庆，骄傲得像是电视里的明星。现在呢？都没喽！贵贞想跟这些大妈说说话，但她们都忙着排练，没有人搭理她。即使是在排练的间隙，贵贞偶尔和其中一位大妈搭上话，对方也只是客气地敷衍两句，就像贵贞和她们不是一路人一样。贵贞多少已经习惯了这样的场面，所以并不怎么感到失落——她毕竟只是一个初来乍到的外来户，浑身上下都带着一股土味儿，没人和她玩也正常。看完跳舞，她不想再转悠，就上楼回家。打开电视机，连着换了好几个频道，都没有特别想看的节目。她关掉电视，一时不知道该干点什么，身体里面的每块骨头、每个关节都不熨帖，似乎是在传达某种隐秘的信号。这个时候，贵贞忽然特别想去801。一定要去，现在就去，再也不能等了。

3

801卫生间的马桶像是有某种治愈功能，贵贞一坐上去，身体里面那些来历不明的痛感就全都消失了，像是它们从来不曾在她的身体里存在过一般。

解完手，贵贞不想那么快回去。她在每个房间里都逗留了一会儿，又一次仔仔细细地欣赏起屋子里的陈列和摆设。每一间屋子都亮堂堂的，每一样东西都恢复了它们本来的颜色，焕发出它们应有的光彩。谁能想到，几十天

————————— 纪念日

以前，它们还都死气沉沉、灰头土脸，就像生活在坟墓里一般？是自己把它们从坟墓里解救出来，让它们有了新的生命。一想到这一点，贵贞的眼里就流露出慈母一般的柔情。为了擦拭客厅墙上一幅嵌在玻璃镜框里的风景画，60多岁的贵贞又是搬桌子又是搭椅子，差点没从高处摔下来。这幅风景画下还有一架钢琴。她本来不知道钢琴长什么样子，是来深圳后小顺教她认识的。钢琴盖子上落满了灰尘，还有些灰尘沾到琴键上。打扫灰尘时，她不小心碰到琴键，钢琴发出一串清脆悦耳的声音，把她吓了一跳。她停下来谛听屋外的动静，过了好一会儿，才继续清洁作业。她还在主卧的大床下面意外发现一只布娃娃，准确地说，是只玩具熊。这只熊蓬头垢面，个头和小顺差不多大小，比贵贞矮不了多少。贵贞花了一个小时才把它清洗干净，又送上天台晾干。这只获得重生的玩具熊有着一身棕色的绒毛，穿着短短的外套、系着黑底白点的领结，和深圳的大街上那些年轻女孩儿怀里抱着的娃娃一样惹人怜爱。现在，它被贵贞安置在主卧的衣柜里，一拉开柜门，它那两只黑黑的小眼珠就盯着贵贞，像是小顺在看着她。衣柜里还有一些女人的衣服，一件薄薄的圆领毛衣、一条红色的长裙和一条黑色的短裙、一件缀满长毛的大衣，以及几件内衣裤。刚开始，它们在衣柜的底部蜷成一团，和一堆衣架、几团毛线混在一起，像是塞不进行李箱而被远行的主人狠心丢掉的弃儿。贵贞刚来深圳时，杏芝告诉她，好衣服不能用洗衣机洗，不然会把它们洗坏。柜子里的这些衣服质地柔软，散发出一种华丽富贵的气息，怎么看都比杏芝的衣服要高档，都是一副需要小心对待的样子。贵贞决定亲手给它们洗一洗。每洗一件，她都像给小时候的小顺洗澡一般小心翼翼的，生怕把它们搓疼了，揉皱了。晾干后，贵贞把它们挂进衣柜，每次过来都会打开看一眼。每次看，她都觉得它们神色哀伤，仿佛是在苦苦等待自己的主人，似乎只要主人一出现，它们就会立刻争先恐后地飞上她的身上。

对这座屋子里的每一样东西，贵贞都感觉满意，好像它们天生就该在这里一样。越看，贵贞越是舍不得离开。尽管它们都不会说话，但是都长着眼睛，都在看着贵贞，只要贵贞一转过身子，它们就都用目光挽留她，哀求她不要离开。这目光让贵贞挪不动脚步，就像此刻，她被衣柜里挂着的那条红色长裙勾住了魂魄。它太鲜艳了，比那些跳扇子舞的大妈们穿着的衣服还要鲜艳，比老家过年时划旱船的演员身上的衣服也要鲜艳。贵贞在想，要是自己穿上这身衣服，会是什么样子呢？

贵贞被这个奇怪的想法惊呆了。她觉得自己太不可思议了，怎么会这样？越老，倒越是没脸没皮了。她的耳边又响起了另外一个声音：这里只有你，怕什么？就是脱光了身子，也不会有人看到你。这个声音给了贵贞莫大的鼓舞。她颤抖着伸出手，从衣架上取下那条红色长裙，对着衣柜门上的镜子，拿在身上比试了一下，这一比试，想把它穿在身上的想法更加强烈。她重新把裙子挂上衣架，开始动手脱自己身上的衣服。衣柜的镜子里很快就出现了一具裸露的、干瘪的躯体。乳房松弛下垂，暗黄色的皮肤上分布着一道一道波浪形的褶皱，像是一块块从远处看去的梯田。贵贞盯着它，仿佛是在看着一幅陌生的图画——她不知道有多少年没像这样看过自己的身体了。她再次取下红裙，想了想，又从另外一个衣架上摘下一件白色的胸衣、一条黑色的内裤。她穿上胸衣，它温柔地兜住了自己布袋似的乳房，那种奇妙的感觉简直让她有些眩晕。她扶住衣柜，定了定神，又穿上那条小小的内裤，最后，套上红色长裙，裙摆一直拖到了她的脚踝。她再次看着穿衣镜，她的身体干瘦，让红裙显得有些空，有些长。也正是因为这样，她才觉得不那么拘束。裙子的颜色红得厉害，以至于她的脸庞也被映照得红彤彤的。裙子是无袖的，她觉得两只胳臂凉飕飕的，好像还缺点什么。对，布娃娃。她打开柜门，把那只和小顺身材差不多大小的布娃娃抱在怀里。现在，穿衣镜里出现了一个穿着红裙子、抱着一只硕大玩具熊的老太婆，像是一个老妖怪。她穿着别人的衣服、抱着别人的玩具，不由得想到了这些衣服和玩具的主人。她是大宝所说的二奶吗？

她一定长得很好看吧？她是哪里人？多大年纪？还会回来吗……贵贞觉得，不管她是谁，自己穿过她的衣服、来过她的房子，她们之间就有了某种关系，就应该替她看好这座房子。想到这里，贵贞完全放松下来。她觉得有些疲倦，抱着布娃娃躺上了房间的大床，想在上面休息一会儿。大床很宽，贵贞直着躺、横着躺都行。它有着松软的床垫，被褥上残留着淡淡的洗衣粉的香味儿。贵贞不知不觉在这淡淡的香味中睡着了。

等贵贞醒来时，屋子里黑黢黢的。她一骨碌从床上坐起来，不知道发生了什么，用了几十秒，她才想起下午的事情。她在枕头边摸到自己的老人机，手机已经没电了。她赶紧下床，悄悄掀起窗帘一角，外面已是灯火闪烁。贵贞暗叫不好，慌慌张张地脱下裙子、胸衣和内裤，穿上自己的衣服，摸黑来到客厅，从猫眼看出去，楼道和屋子里一样，一片漆黑。楼道上的灯是声控开关，灯没亮，说明外面没人。真是谢天谢地。贵贞开了门，像贼一样溜回了家。

贵贞进门时，大宝在辅导小顺写作业，杏芝在厨房炒菜，墙上的挂钟走到了七点半。往常，贵贞会把小顺从学校接回来，早早把饭做好，这个时候，一家人已经在吃晚饭。贵贞轻手轻脚地踩在地板上，不知道该做点啥。大宝问："妈，你怎么这么晚才回来？打电话也不接。"小顺也一脸

纪念日

委屈地说:"奶奶,你怎么没来接我?我在学校门口等了半天,回家来又没有钥匙,只能到小区广场看人家跳舞!"贵贞说:"奶奶在外面散步,迷路了,手机也没电了。"大宝没有再说什么。吃饭的时候,杏芝也没有问贵贞,只是紧绷着一张脸,一言也不发。

4

贵贞现在特别不喜欢周末。以往每到周六周日,大宝、杏芝和小顺都在家,贵贞不用接送小顺上下学,也不用买菜做饭,连洗碗的活儿也被大宝承包了,几乎无事可干,只能跟着小顺看电视。小顺爱看动画片,看到高兴处,笑个不停。贵贞虽然看不大懂,也跟着呵呵笑。看不懂不要紧,看到孙子开开心心的,她也觉得乐呵。但是现在不一样了。她老是惦记着801,惦记着那里的马桶、红裙子,还有那张不管她横躺直躺都能睡得下的大床——她和小顺睡的双层床宽不足1米2,有好几次,贵贞还让上铺的床板磕着了脑袋。大宝和杏芝在家,她往隔壁跑就没有那么方便了。她还是只能跟着小顺看电视,小顺看得咯咯笑,她却不再跟着笑,想事情想得出神。

星期六的晚上,贵贞实在没忍住,等家里人都睡下了,她又悄悄溜进了801。半夜三更的,她不敢开灯,怕灯光漏到外面让人发现。不开灯也没有关系,她对这里已经像

802一样熟悉，每个房间门在哪里，哪样东西放在哪里，她闭着眼都能找到。她摸索着在屋子里走了一圈，又走上阳台，眺望了一会儿深夜的小区。小区很安静。天上挂着一轮硕大的月亮——贵贞还是第一次这么认真地打量深圳的月亮。它看上去很大，但比老家的月亮要苍白，发出清冷的光芒。对面一栋楼里，有两扇窗户还透出灯光，让贵贞感觉小区还没有睡着。一阵夜风吹来，贵贞身上有些凉。她走进那间有着大床的卧室，脱下衣服，躺上床，一下子陷进又松又软的床垫，她舒服得不想动弹。她想，不如就在这里睡一个晚上，早上赶在大宝和杏芝起床之前回家就好。她按照小顺教她的方法在手机上定了闹钟，心满意足地睡去了。

　　早上，闹钟响了。贵贞睁开眼睛，屋子里黑魆魆的，看看手机，刚到五点。她不想这么早就回去，还想在床上眯一会儿。眯着眯着，她又睡着了。等她再次醒来，已是满屋晨光。贵贞浑身一激灵，赶紧下床掀开窗帘一角，外面已是天光大亮。这个时候，大宝和杏芝应该已经起床了。他们会不会发现自己不见了？贵贞紧贴着房间的墙壁，忐忑地听着隔壁的动静。从802传来的声音模模糊糊的，贵贞听得并不真切。大宝在喊小顺，应该是在催他起床洗脸刷牙吃早餐。杏芝和大宝在说着什么，说着说着，突然爆发出一阵笑声。一大清早的，贵贞不知道什么事让他们这么开心。接着是"啪"的一声，像是一只玻璃杯掉到地上摔碎了，大宝大声呵斥了小顺几句。隔壁的声音慢慢小了下来，几分钟后，贵贞听到关门的声音，这声音粗重沉闷，贵贞感到墙壁颤动了一下。一定是小顺出门了。小家伙关门时总是随手一掼，用力很猛。贵贞紧走几步到客厅，把一只眼睛贴在大门猫眼上往外看。大宝一家三口正在下楼梯，大宝背着双肩包，杏芝牵着小顺的手，肩上挂着挎包，看样子他们是要出去玩。家里少了一个大活人，难道他们都没有注意？

贵贞有些失落，但是这样的心情并没有持续多久。她在801客厅的沙发上坐了会儿。这是一个凉爽的初夏的早晨，轻风吹拂，阳光很好，屋子里的一切都被罩上了一层明丽的色彩。她还从来没有在这样的时候到过801。有几天没有清扫了，家具物什落上了一层细灰。贵贞起身把客厅通往阳台的门打开，又把两个房间的窗户推开一道缝隙，晨风吹来，屋子里更加清爽通透。她拿上抹布，仔细擦拭起客厅和房间里的桌、椅、茶几、屏风、柜子、灯具、床、镜子、窗户、各种各样的小东西，以及挂在墙上的镜框。擦拭钢琴时，想到这会儿不会有人听见，贵贞忍不住轻轻按下几粒琴键，钢琴发出几声清脆悦耳的音符。她照例被这声音小小地惊吓了一下，等它消失了，她又屏息凝神，侧耳聆听。然后，她从餐桌边搬来一把椅子，放在钢琴前面。她坐上椅子，学着电视里钢琴家的模样，把两只手放在键盘上，做出弹琴的样子，但手指并没有碰到琴键。贵贞闭上眼睛，一次次地用意念弹奏着这架没有声音的钢琴。此刻，她仿佛听到了台下响起的掌声。

等所有的事情都忙完，贵贞的身上沁出一层细汗。稍稍休息了一会儿，她来到房间，打开衣柜，脱下衣服，穿上那条鲜艳的红色长裙，抱上硕大的玩具熊，在穿衣镜里把自己看了一遍又一遍。她想起了小区广场上大妈们跳扇子舞和老家过年时划旱船的场面，在脑子里回忆起旱船表演者的动作。她放下玩具熊，学着别人的样子，双臂在空气中抓住想象中的旱船的船柱，在镜子前面扭动腰肢，一种奇异的感觉像触电一样一下子掠过她的身体。她曾经那样羡慕那些表演旱船的人，没想到，临到老了，自己也能像她们一样表演——只是无人喝彩。

整整半天，贵贞都没有闲着。她没有吃早餐，肚子有些饿。该做午饭了，隔壁还是没有动静，看来大宝他们要到下午才能回来。这会儿，他们应该不会想起贵贞。他们可能以为她又是去了哪里散步或者逛街，到了某个时候，她自然又会在家里出现。贵贞想回家做饭，假如刚好碰到大宝他们回来，就和以前一样说自己在外面溜达，相信他们不会怀疑。贵贞来到客厅，手刚碰到门把手，又改变了主意——她有些不甘心。她在想象大宝和杏芝回家以后发现她还没有回来时的反应，甚至有些赌气地关掉了自己的手机。自从来到深圳以后，她并没有给大宝和杏芝增加什么麻烦。但是这一次，她想让他们紧张一次。

下午，贵贞给自己找了件事情做。她依着已经去世的老伴的身材，给他织一件毛衣——前天晚上，老伴入梦来，说他在那边有些冷。以后回老家给老伴上坟时，就把这件织好的毛衣烧给他，免得他在那边受冻。毛线和钩针衣柜里都有，她只需要就地取材。织毛衣这活儿贵贞年轻时就会，她以前也给小顺织过几件，但杏芝嫌样式不好看，没穿几次就把它们压到了箱底。她故意不去注意隔壁的动静，也不去想大宝和杏芝会怎样四处找她。她唯一担心的就是大宝会去派出所报警——如果大宝真去报了警，不知道警察会怎么处理。贵贞不希望把事情闹到警察那里，但是假如大宝真的那样做了，她会觉得没有白养他一场。

天色暗下来，毛衣织不成了。贵贞在黑暗里坐了很长一段时间，又上床睡了一会儿，醒来时已经夜色深沉。她打开手机，上面显示十多个未接电话。到晚上十二点了，隔壁没有任何动静。贵贞的肚子饿得厉害，喉咙里也干得厉害，现在，她只想回去好好吃一顿饭，喝一口水，不管大宝和杏芝怎么看她。她打开801的房门，走出去，楼道上亮了起来。她又打开802的房门，走进去，打开灯，大宝粗重的鼾声从虚掩着的房门里传出来。贵贞走进她和小顺的房间，熟睡的小顺嘴边挂着一道透明的涎水。她坐到自己的下铺，习惯性地把手伸到床下，竟然摸着了一样东西。她蹲下身，看到那是一只便桶。一只红色、带盖的便桶，看上去，和她丢失的那只一模一样。

你到底想干什么

1

事后回想起来,那天并没有什么特别的征兆。天气很好,我难得地在地铁上占到了座位。老婆打电话说今晚她做饭,临下公交车时我甚至还在微信群里抢到了一个 8.88 元的大红包。看上去,似乎没有什么事能让我烦躁不安。

直到黄毛走进家门。

上楼时,我遇到了黄毛。他走在前面,脑门上顶着一丛米黄色头发,发梢呈弹簧状向上盘旋,像一盒冰淇淋,又像一坨屎。黄毛穿着大背心和大裤衩子,两边耳朵里都塞着耳机,右边胳膊上盘着一条张牙舞爪的青龙,背心和裤管在他精瘦的身体上晃晃荡荡。即使不看黄毛手上拿着的一沓传单,我也知道他不是本单元住户。

我住的这个小区在龙华,由一家无所用心的物业公司在管理,保安不怎么管事,住户也是破罐子破摔,经常不关单元大门,阿猫阿狗都可自由出入,我对此已经见怪不怪。我和黄毛擦身而过时,他正往楼道上一扇房门的把手里塞传单。楼道很窄,我不小心碰到他的身体,感觉他在背后瞪

————————————— 纪念日

了我一眼。我打算跟他说声对不起，想一想，还是算了。

　　这个时候，小顺已经放了学。我敲了门，小顺把门打开。我进门脱鞋、放背包，从包里掏出便当盒，再把公交卡放进背包。忙完了，正准备关门，黄毛晃悠到了门口。他瞅了我一眼，又看看我握着的门把手，似乎犹豫了一下，又径直挤进门来，把一张彩色传单放到我面前的鞋柜上。我一天的好心情就是在这个时候被破坏的。我猛地吼了一声，声音里满是厌恶："干什么？谁让你进来的？"

　　我感觉一旁的小顺身体抖了一下。黄毛也怔住了。他那张又黄又瘦的尖脸上皮肉都皱在一起，一双受惊的眼里满是疑惑和茫然。他仍然愣在从大门通往客厅的过道上，伸手从耳朵里扯出耳机，好像没有听清楚我刚才说了什么一样。我用手指着他头上的黄毛，再一次大声吼："叫你出去，听到没有？"

　　黄毛这次应该听清了。他下意识地并拢双脚跳出门外，看上去像一只袋鼠。我伸手关门，但有一股力量挡住了我，门没关上。门缝越来越宽，一只穿着邋遢球鞋的脚跟着挤进门里。是黄毛。他用右手扒住房门，脸上的皮肉像是刚刚泡发过的木耳，显得舒展和膨胀。他的小眼射出两道冷光，直直地扫到我的脸上。我的后背突然渗出一层冷汗。

　　"你刚才说什么？有种再说一遍！"

　　黄毛的声音听上去冷静、有力，不像是从我面前这具精瘦的身体里发出来的。小顺在我身后喊了一声爸爸，嗓音里带着哭腔。我回头看了一眼小顺，又低头看了一眼门下面那只邋遢的球鞋，嘴唇嚅动了几下，没有发出声音。黄毛把门又扒开一点，眼神看上去既狰狞，又得意。他说："你们给我等着！"

那只脚终于退出去了，顶在门上的那股力量也消失了，门"砰"的一声关上。我收势不稳，一下子扑到房门上。从门外传进来踢踢踏踏的脚步声，越来越远。我站稳身子，把眼睛贴上猫眼，走道里、楼梯上，已经看不到黄毛的身影。我暗暗吁了一口气，走过去拉住小顺的手，摸摸他的脑袋："顺子别怕，那个人已经走了。""爸爸，他是干什么的？"我从鞋柜上拿过那张彩色传单，上面是一家餐厅开业的酬宾信息。我说："鬼知道。可能是个小流氓。""他为什么要让我们等着，爸爸？"我犹豫了一下，说："吓唬人的。没事，爸爸会解决的。"

外面有人敲门，声音沉闷、急促，力道很足。我把小顺带到房间，关上房门，掏出手机，准备打110，想了想，又到厨房抄起一把菜刀，提着它走到门边。我把头凑近猫眼，是老婆，她汗津津的脸上满是怒气，正在用脚踢门。我赶紧把门打开。老婆一只手提着一袋鸡蛋，另一只手提菜，提菜的手里还攥着一张和鞋柜上一模一样的彩色传单。我接过鸡蛋，老婆一把扯掉手上的传单，脸上一副兴师问罪的表情：

"累死累活的，到家了连门都没人开……你这是干什么？"
她盯着我手上的菜刀。

"准备做饭呢，没听见你敲门。这传单是谁给你的？"
我问。

"一个黄毛。怎么啦？"

"没什么，随便问问。对了，一楼的单元门关了
没有？"

"两只手都占住了，我总不能用屁股关门吧？再说，门
锁堵上了，我想关也关不上，你又不是不知道。"

我把菜刀放在桌上，从房间的工具箱里拿出几把螺丝
刀，提上菜刀。刚出门，又折回来，把菜刀放进厨房，在工
具箱里取出一把大号活动扳手拎上。老婆问我："你这是要
干吗？"我说："去关门。"

单元大门上是一副老式自动锁。锁并没有坏，但住户
们为了进出方便，老在锁上做手脚，把锁舌固定在锁孔外，
这样，关门时门扇就会卡在门框上。我拿螺丝刀在门上鼓捣
了一阵子，使锁舌缩进锁孔，然后关门、开门，反复数次，
确认门锁功能正常。上楼之前，我回头看向门外，暮色已经
落了下来。

2

吃饭时，老婆兴冲冲地说："我跟你讲啊，以后你就是

干部家属了，知道啵？"

老婆在一家广告公司做文案，部门主管辞职了，老板要提拔一位新主管，她和另外一个文案是后备人选，老婆自认为胜算很大。她在这家公司干了五六年，资历、经验和能力都比竞争对手有优势。我边吃着饭，边想着事。老婆的脚在桌子下面踢了我一下，说："我在跟你说话呢，能不能有点反应？"我一脸茫然地看着老婆，她又重复了一遍刚才说的话。我说："干部家属不用买菜洗碗，不用辅导孩子功课吗？""切。我说你能不能有点儿追求？你怎么不想想，我当上主管了，肯定会涨工资，每个月就能多给你点儿零花钱，每年能带着你们爷儿俩出门旅一次游？"

前途一片光明，但毕竟有些遥远。我更操心的，还是黄毛的那句"你们给我等着"。为啥是"你们给我等着"，而不是"你给我等着"？我们要等着他来干什么？他什么时候来？一个人来还是一群人来？一大堆诸如此类的问题在我脑子里盘桓，我只能机械地点头。老婆对我的表现很不满意。她说："你对这个干部家属不感兴趣是啵？那你去当干部，我来当干部家属！"

老婆这是存心让我为难，她明知道，这对我来说是不可能完成的任务。我在一家小型贸易公司混日子，公司总共只有十来个人，唯一的干部就是老板，而我只是一个产品造型师，日常工作就是给产品拍拍照、修修图，上传到老板在网络商城上开的时装店的网页，再干干其他的杂事。这些事情并没有太高的技术含量。今年，电商生意没有以往好做，老板放出话来，如果形势一直持续下去，公司可能会裁员。如果真要裁员，我会不会首当其冲？这是一个问题，但我现在还顾不上为此焦虑。

半夜里，我听到外面有声音。我在床上支棱起耳朵，声音似乎越来越清晰。我悄悄下了床，走到客厅，开了灯，去厨房拿起菜刀，眼睛又贴上门上的猫眼。走道上黑魆魆的，传来一阵窸窸窣窣的声音。我压低声音喝了一声："谁在外面？"走道上的灯亮了，两只不知道从哪里来的大猫，一溜烟地跑下了门前的楼梯。灯又灭了。我静立片刻，窸窣的声音消失了。又站了一会儿，确认门外再无异响，我才重新回到卧室。我轻手轻脚地上了床，跨过老婆的身体，回到我的地盘。"你干吗呀？"老婆蒙眬的睡音像是平地里一声惊雷，炸得我头皮一阵发麻。"刚才好像有人在外面，我去看看。你怎么还没睡？""你像翻烙饼一样，谁能睡得着？""没事了，睡吧睡吧。"

还是睡不着。我尽量控制住自己不翻身。我以为老婆已经睡着了，她却猛然朝我挪过来，右臂勾着我的脖子，前胸贴着我的后背。我吃了一惊，说："好不容易睡着了，又被你弄醒了。大半夜的，还让不让人睡觉？""切，出气声比拉风箱都响，还说睡着了，骗谁呢？你老实交代，是不是有心事？是和你们女老板搞上了，还是有了别的相好？"老婆动不动拿这个话题半真半假开玩笑，一说起来就没完没了，让我很是腻烦。这会儿，我实在没有心情像以前那样跟她解释、争辩，只得对她说了黄毛的事。

"怪不得。他让你等着？"

"让我们，不是我。"

"也许他只是吓唬你，不用放在心上。"她幽幽地说。

老婆把我的脖子搂得更紧了。她不再说话，呼吸声变得和我的一样粗。过了一会儿，她搂着我脖子的那只手轻轻掐了我一下，说："外面好像有人敲门。"我侧耳倾听，客厅那边似乎真有响动。"也许只是猫。刚才就有两只猫，也不知道在门口干什么。""不是猫。猫弄出来的声音不可能这么大。你还是去看看。"

我又提着菜刀，贴着客厅门喝了几声。走道上的灯亮了，外面空空荡荡。我在门里站了一会儿，还是没有动静。回到卧室，灯开着，老婆靠在床背上，脸色委顿。"你去关了楼下的大门是吧？不知道会不会有人又把它打开了。"老婆像是自言自语，又像是在对我说话。她看着我，又补充一句："要不，你下去看看？""总不能每天晚上下去看门吧？""那……写一张纸贴在门上吧，让大家随手关门，防贼防盗。"

我觉得老婆的话不无道理。反正睡不着，索性现在就把这件事情落实了。小顺睡得正香，我悄悄走进他的房间，找出一张白纸和一支大头笔，在餐桌边坐下，想了想，写下这么几句话：

亲爱的邻居，本人家中物品近日莫名其妙丢失，怀疑是外来小偷所为。为了维护本单元住户的财物安全，请大家不要破坏单元门的门锁，注意随手关门，并谨防陌生人尾随进入，谢谢！本单元，603室。

老婆在一边看着我。"本单元603室，这几个字就不要了吧？"她说。我想了想，也对，就用大头笔把这几个字涂掉了。再看看，似乎有些不妥，又去小顺房间拿出一张纸，把上面那段话重写了一遍，除了落款。老婆从茶几抽屉里翻出双面胶，说："我跟你一起去。"

我在门边听了听，拉开门。楼道阒无人息，我们蹑手蹑脚地下了楼。单元大门仍旧关着，门外已有天光。我打开门，老婆把双面胶粘在门上，我把那张纸贴上去，看了看，又把纸张翘起的一角粘牢，这才上楼回屋。老婆说："这几天，你送小顺上学吧。"

3

六点半，我掀了小顺的被子，喊他起床。小家伙睡得

你到底想干什么 ————————————————

正酣，抻抻胳膊蹬蹬腿，拧着身子，面朝床里又睡了，撂给我一个后背。我不得不把他拉起来，拿着校服就往他头上套："快点，我送你上学。再耽搁一会儿，爸爸就要迟到了。"小顺上三年级，学校离小区只有几百米，一直都是自己去上学，以往要到七点才磨磨蹭蹭地穿衣起床。他气鼓鼓地揉着眼睛："谁要你送？我自己又不是不会走！"

胳膊扭不过大腿，小顺还是被我押着下了楼。已经到了上学上班的高峰期，路上行人络绎不绝。前面一家早餐店的门口，有几个人正围着买包子，其中有个人一头黄发。我牵过小顺的手准备绕开，那人却提着包子迎面走了过来——不是黄毛，是一个把头发染成金黄的中年女人。我放下心来，松开小顺，买了早餐，催着他边走边吃，一直把他送到学校门口。我交代小顺，下午放学后一定要等我到学校接他。看着他走进大门，我才疾步奔向公交车站。

一整天，我都心神不宁。下午快下班时，老婆发来微信，说昨晚没睡好，晚上不想做饭，在夜市街随便吃点算了，让我下班了先带小顺过去。

晚上七点钟，老婆才到夜市街。夜市街就在小区对面的城中村，街长百米，两侧沿马路排开各色风味小吃摊，不时有车辆从街上驶过，人来车往，尘烟飞扬。我们坐在一家蒸菜摊的桌子前，刚动筷，一辆电单车疾驶而来，"嘭"的一声，撞上了蒸菜摊的液化气钢瓶，气瓶倒地，正在忙活

————————————— 纪念日

的老板吓得不轻，脱口而出一句"我×"。一个满脸横肉、嘴里叼着烟的中年壮汉停了车，走到老板身边，一把掐住他的脖子，问："你骂我？"老板的脑袋动弹不得，一脸惊恐地嗫嚅着："没……没有。"电单车后座上一个敞着怀的眼镜仔走过来，一个巴掌扇到老板脸上："骂没骂？""没……"又是"啪"的一声，老板另外半边脸也挨了一个耳光。"还没骂？""对……对不起……"待在一边的老板娘似乎这才回过神来，尖着嗓子喊："打人了……打人啦!"壮汉回身上车，说："昨天的事还记得不？叫你们给我长点记性！"说完，发动车子，载着眼镜仔，扬长而去。

事情发生得如此突然。我和老婆还没反应过来，夜市街上这阵短暂的骚动就已经平息。我们的胃口被这段插曲破坏，匆匆扒了几口饭菜，就带着小顺回到小区。楼底的单元大门又被谁做了手脚，轻轻一推就开了，昨晚贴在门上的启事已经杳无踪迹。老婆看了我一眼，没有说什么。

临睡前，我拿着螺丝刀去楼下关门，还在单元门上贴了一张和昨天一模一样的启事。回屋时，老婆还没睡。上了床，老婆爬到我怀里说："老板接了一个楼盘广告，让我和那个同事分别做一套促销文案，说谁的文案更有创意，谁以后就是部门主管。"难得老婆如此温柔。我说："好啊，那我很快就是干部家属了。""但是我找不到一点感觉，脑子里乱糟糟的。以前从来没这样过。""可能是这两天睡眠不足。

别急，慢慢来，我相信你的实力。"老婆钻进空调被，搂着我的脖子，又抬起头看着我："你送小顺上学，应该没有迟到吧？依我看，你得买一件东西防身了。"我说："家里不是有菜刀？""你能老把菜刀带在身上？再说，让小顺看见了也不好。"我想了想，说："知道了，明天就买。早点睡吧。"老婆说声"嗯"，却仍然搂着我的脖子，还把睡衣脱了，又把胸脯贴上了我的后背。我被撩得性起，回身抱紧她。"等等，我去拿安全套。"老婆说。套上了，刚入港，老婆一脸陶醉，却又睁开眼睛，说："你听听，外面好像又有声音。"我停下来，并没有听到什么。老婆让我再去看看门外。看了，还是没有异样。老婆说："来，咱们继续吧。"她百般温存，我却一蹶不振。

第二天下班，我多坐了一站公交，下车后，走上一座人行天桥。这座桥上，不时有一些小贩在摆摊。我记得，以前常有一个年轻人，在桥上摆卖诸如球拍、臂力器、哑铃之类的体育用品。果然，年轻人今天出摊了。我踅到他的面前，一眼就在铺在地面的垫子上看到三根甩棍。暗银色的棍体，在我眼里发出凛冽的寒光。年轻人看看我，拿起甩棍，"唰"地抖开，做出几个格挡、劈刺动作，姿势潇洒、利落。"怎么样，不错吧？这玩意儿现在很流行，买一把防身，不吃亏。"他说。我蹲下身子，甩棍的金属棍体映出了我的脸。我拿起一把甩棍，放在手上反复掂量、摩挲，手心里沁

　　　　　　　　　　　　　　　　　　纪念日

出的汗液濡湿了手柄。年轻人审视了我几秒钟，说："这是真正的好东西。你试试吧，试试就知道。"

我拿过甩棍，掂了掂，收了棍，学他的样子，抖棍、格档、劈刺，做最后一个动作时，甩棍打到天桥的不锈钢栏杆上。年轻人一把从我手里夺过甩棍，仔细观察，棍梢上留下了一道小小的凹槽。"没办法，你只能买下了。一百块，卖给别人也是这个价。"没有什么好说的，我只能扫码付了款，收起甩棍，装进背包。我立刻感觉到了甩棍的分量。我大踏步地走在天桥上，桥下车流穿梭往来，马路边的绿化树树叶鹅黄、嫩绿、深黛参错，在风中飘摇起舞，让我感受到了初夏的勃勃生机。

4

吃过晚饭，趁小顺洗澡时，我向老婆展示了甩棍的功用。抖棍、格挡、劈刺，表演顺利圆满。我把甩棍塞到老婆手上，说："你也试试。"老婆触电一样把手甩开："别给我，我又不用……你说，它会不会打死人啊？""哪有那么容易打死人，主要还是防身。下班回来时我看单元大门是锁着的，门上的纸也还在，今天晚上不用再下楼看门了，你就放心睡吧。"

睡觉时，我把甩棍放在枕头底下。但这并没能减轻老婆的担忧。她说："我觉得你还是下去看看吧。不怕一万，就怕万一嘛。"我只好又拿上螺丝刀下了楼。老婆担心的事情果然还是发生了——单元大门的锁舌又被谁弄出来，顶住了门框。

晚上，迷迷糊糊中，我听到老婆起了几次床，卧室和洗手间的房门也响了好几次。她也许不想吵醒我，但我还是能感觉到她频繁翻身时床垫的震动。我睡意渐消，坐起身来，捉住老婆的手，问："睡不着？""在想文案呢。今天做了一套方案给老板，被他否了。实在没有思路，愁死人了。""那也不能不睡觉啊。休息不好，更找不到灵感。""道理我知道，但就是睡不着，以前从来没这样过。明天一天估计又够呛。"

翌日早上，我把甩棍放进背包，送小顺上学，赶公交、乘地铁。和以往一样，地铁站早高峰的乘客从站厅一直排到了站外的马路上。可恶的是，不管人再多、再挤、再赶时间，地铁安检都按部就班，从来没有例外，连检查稍稍马虎一点的时候都从未有过。我好不容易跟着人流排到站厅，习惯性地把背包放上安检机的传送带，通过安检门时，背包也正好被安检机吐了出来。我急匆匆地抓过背包，却听到谁在说："你好，请把包打开检查一下。"我一愣，抬头看时，一个安检员正虎视眈眈地盯着我。包里除了一把雨伞、一盒便当，剩下的无非是几样纸巾帕之类的小物件，还能有什么违禁物品？我把背包的拉链拉开，对那位看着我的安检员晃了一下，背到肩上，拔腿就走。走出没两步，一个矮胖敦实的安检员挡住了我的去路，还有人从后面抓住了我的胳膊。"你不能走，我们需要检查你的背包。""刚才不是给你们看了吗？我赶时间。""对不起，刚才没有看清楚。我们还要再检查。"我只得再次把背包拿下来，打开，抓住我胳膊的瘦安检员伸手进去摸索几下，掏出了那根黑色的甩棍。他把甩棍拿在手上，举到我的眼前，慢悠悠地说："这是什么？按规定，甩棍不能带上地铁。要坐地铁，甩棍就要没收。"我有些懊恼——没想到，连这个小东西也成了违禁品。我扫了站厅一眼。有几个乘客停下脚步，看看我，又看看瘦安检和他手上的甩棍。远处，有几个安检员正朝这边奔来。我知道继续和他们争执下去，或者强行闯关会有什么后果——我会被他们控制住，只要一个电话，警察就会马上赶来。显然，这些都是我不能承受的。再借我一个胆，我也不敢这样做。虽然眼看着就要迟到了，但一想到这根甩棍花了一百大洋，我还是心有不甘。我说："把它给我。我不坐地铁了。"

我快步走出地铁站，来到马路边的人行道上。熙来攘往的人们行色匆匆，没有人注意我。我从包里拿出甩棍，迅速把它塞进绿化带里一株假连翘的枝叶下面，又站在原地观察了几秒钟，确定它不会被人发现，这才一路小跑，重新站到排队乘地铁的队伍尾巴上。过安检时，安检机边的那个胖子看到了我。他抓过我的包，仔细地在里面翻看。把它还给我时，他的脸上浮起一层笑容，有些意味深长。我是多么想在他的胖脸上甩上一个巴掌。

5

毫无疑问，这一天我迟到了。但我对此已经做好了准备——按照老板定下的规矩，迟到一次要被扣掉五十块钱的工资。被扣工资当然让我不爽，但一想到那根花了我一百块买来的甩棍，我还是觉得自己的决定很英明。不过，后来的事情证明，在这样的时间节点上，我对迟到的理解远远不够深刻。这不仅是五十块钱的事。

甩棍也不见了。下班的路上，我没能在地铁站下的绿化带里找到它。刚开始，我以为自己记错了位置，沿着绿化带找了几十米，还是一无所获。路边，有个手里抄着大扫把的清洁工远远地瞅着我，仿佛我正在寻机破坏他的劳动成果。我想走过去问一下他，有没有在绿化带里看到过一根甩棍，想了想，又放弃了这个打算。转公交时，我又多坐了一站路，走上天桥，来到那个年轻人面前。我拿起一把和昨天那根一模一样的甩棍，放在手上掂量，年轻人看我的目光有些诧异。"大哥，甩棍好用吧？""用是好用，但是质量不怎么样，已经坏了。再买一把，能便宜点儿不？"听我这样说，年轻人的脸上掠过一丝愧色，忙不迭地说："行行，谁让大哥你是老主顾呢，便宜一点也是应该的。您若真要，给八十就行了。"

老婆到家时，小顺正在写作业，我刚刚把晚饭做好。老婆今天回家比平时晚了快一个小时。一进门，她就歪在沙发上，不说话。我把饭菜端上餐桌，喊她吃饭，也不见应声。我大概猜到了是怎么回事。"吃饭吧。再大的事儿，也没有吃饭睡觉事大。"老婆这才去房间喊出小顺，坐到餐桌边。我悄悄瞅了老婆几眼，看到她的脸上有湿痕。她捡了一口菜送到嘴边，又停住，幽幽地说："你的干部家属，当不成了。"

临睡前，我照例去楼下检查了大门。进了房间，老婆问我："那个黄毛……你这两天没什么事吧？"那根甩棍一下子从我的脑海里掠过。老婆心情不好，不能再给她添堵。我从枕头下面抽出甩棍，说："没什么事。他也许只是嘴上说说，没有胆量做什么。""还是小心点好。我当不上主管就算了，但是你和小顺不能有什么事。你送小顺上学的时候，多留意点儿。"

老婆不用再想那个文案了，但晚上仍然睡得不安生。我也是这样。我们两个轮流在床上翻身、坐起，我们都发现，睡了几年的床垫突然变得这样硌人。老婆提议，过段时间换个新床垫，在新床垫买回来之前，先睡客厅的沙发。折腾了大半个晚上，我们总算在沙发上迷糊了一两个小时。出门时，我发现老婆的黑眼圈更加明显，连眼袋似乎也长了出来。

我吸取昨天的教训，和小顺分手时，把甩棍塞进了他的书包，叫他不要拿出来玩耍——在这些方面，小顺大体上还是一个让人放心的孩子。

上午十点多，我接到一个电话，是小顺的班主任郭老师打来的。郭老师说，小顺的同桌在他的书包里发现了一根甩棍，几个男同学抢着要玩，小顺不给，混乱中，小顺被人用甩棍打破了头，学校医务室已经做了包扎，需要家长立刻赶到学校。接到电话，我一下子慌了神。我第一时间想到的是把这事报告老婆。但转念一想，老婆昨天竞争主管岗位失利，不能再让她为这事着急上火。我找老板请假，老板听我说完，皱着眉头说："刚刚来了一款新品，等着上架，我觉得你还是要先把手头的工作处理好。再说，孩子伤得也不重，让你老婆去学校就好。你也知道现在的形势，我没记错的话，你昨天迟到了，是吧？"我说："对不起赵总，不管你批不批准，我都要请假。换位思考一下，如果你的孩子出了事，你会怎么办？"刚开始，老板还和颜悦色，但是听我说完这句话，脸色一下子变得铁青。她坐在位子上，什么也没有说。

郭老师正带着小顺在学校医务室等我。一看到我，他就劈头盖脸地批评了一通，说我糊涂透顶，毫无安全意识，不是一个合格的家长，云云。我低着头，一句话也不敢说。骂完了，郭老师说："还好没什么大碍，肇事的同学也已经查出来了，但是我建议你不要追究，毕竟是你有错在先。现在，你最好带孩子去医院再检查一下，我们也好放心。"我牵着小顺的手正准备离开，郭老师把背在身后的手伸到我的面前。他的手里握着一样东西，是那根甩棍。"我不希望再看到它了。"他说。

6

我带小顺去了医院。除了头部有一处皮外伤，没有其他异常。下午，我给小顺请了假，陪他在家看电视。中途接到一个电话，是老板打来的，她告诉我，从明天起，我不用再去公司上班了。晚些时候，财务会把工资打到我的账上。好歹也跟着她干了三年，我没有想到老板会这么绝情。那边已经挂掉电话了，我还拿着手机在发呆。

老婆下班了。她还没进门，看到头上缠着绷带的小顺，脸色大变。她连拖鞋都没顾上换，冲进客厅就把小顺搂进怀里，一边听我讲述事情的原委，一边泪流不止。刚刚闯过祸的小顺，这时候看上去倒很懂事。他用手擦着老婆脸上的泪水，说："妈妈，我们去医院检查了，医生说没事，你不用担心。爸爸没有工作了，他的老板叫他明天不要去上班……"老婆把头转向我。我看着她，无奈地点点头，老婆的泪水更加汹涌。"黄毛，都是那个黄毛！"她突然松开小顺，冲到鞋柜边，拉开抽屉，从里面拿出那张彩色传单。"走，我们现在就去找他，问问他到底想干什么！"

按照老婆的想法，那个黄毛即便不在彩色传单上那个叫美味轩的餐厅，也多少和它有些关系，应该不难找到他。我们下楼时，她从洞开的单元大门上扯下那张启事，把它撕成两半，又用力踩了几脚。一路上，我把右手插在裤兜里，甩棍的手柄被我摸得汗津津的。你到底想干什么？我已经想好了，如果在美味轩找到黄毛，一定要盯着他的眼睛，恶狠狠地这样问他。如果他不服气，我就掏出甩棍，照着他的那头黄毛一棍子砸下去。他要是胆敢还手，就再给他几棍，一直打到他服服帖帖，打到他彻底打消上门寻仇的念头。我忽然被自己的这个想法鼓舞了，脚底下不觉加快了速度。

我们按照传单上的地址找到了美味轩，它在离小区不远的另一座城中村。这是一间规模很大的餐厅，有三扇落地玻璃门，招牌上的"美味轩"三个大字张牙舞爪。正值用餐高峰，店里宾客满座，服务员往来穿梭。我和老婆站在不远的地方打量了一会儿，牵着小顺的手走到门口。一个穿着工作服的人很快迎了上来。

"您好，三位是吧？里面请。"这是一个小伙子，笑容可

　　　　　　　　　　　　纪念日

掬的脸上洋溢着一股似乎是发自内心的热情。从精瘦的身体和那张尖脸，我立刻就认出他是黄毛。与上次不同，他那头标志性的、弹簧造型、呈螺旋状向上盘旋的黄毛不见了，取而代之的是一丘剪成平头的淡黄碎发。我悄悄握了一下老婆的手。黄毛似乎对我毫无印象，他仍然笑容可掬，走在前面给我们带路。我手里紧紧攥住甩棍，往前抢进一步，像一堵墙一样杵在他的面前。我发现自己至少比他高出一头，如果往前一扑，一定能毫不费力地把他扑倒在地。我狠狠地盯着黄毛。"你到底想干什么？"我正打算这样问他，语气粗暴、凶横。但就在这时，老婆对我眨了一下眼睛，又轻轻摇了一下头。她的脸颊红红的，像是做了什么错事。

黄毛惊讶地看着我。我深吸一口气，强迫自己镇静下来。我从黄毛面前走开，他摸摸脑袋，继续在前面引路，带我们到一个卡座。我们坐下，黄毛拿来菜单，我漫不经心的目光从菜单上掠过。老婆把头凑到我的耳边，轻声说："你确定是他？""当然是他。烧成灰我也认得。""不太像啊。是不是他故意装作不认识你？我看，等下你跟他道个歉、认个尿，这事就算了了，咱们也不用再担惊受怕了。你说呢？"我犹豫了一下，不太情愿地点了点头。老婆拿过菜单，我站起来，看着黄毛的眼睛。

"对不起，那天是我错了，不该冲你发火。"我努力挤出笑容，尽量让自己的声音显得真诚。我看到黄毛的一双小眼睁得大大的，嘴巴也微微张开，干瘦的鼻尖上闪烁着汗珠的亮光。"你说什么？你到底想干什么？"黄毛的声音有些战栗。